SIGNAL シグナル

山田宗樹

角川文庫
23410

目次

それでも、わたしたちは遠くを見ようと試みる。

カルロ・ロヴェッリ

第一部

第一章　CONTACT

その人のことはすぐにわかった。

百八十センチ近い長身ながら、痩《や》せて猫背がひどく、顔色も悪い。直毛の髪は短く、艶《つや》のある広い額が露《あら》わになっている。目鼻の作りは小振りで、美形ではないが、それぞれの位置はバランスがとれており、品が感じられる。そして本を読むとき、左目をわずかに眇《すが》める癖がある。すべて情報どおりだ。

放課後の自習室には、ほかにも何人か残っていた。みんな問題集やノートを開いて、黙々とシャーペンを動かしている。でも、人目を避けるようにいちばん奥の机に座っているその人だけは、分厚い本を開いたまま、瞬間凍結したみたいに動かない。

僕は、出口に近い机に着き、きょうの授業で出された課題を広げた。自習室は、中学部、高校部を問わず、生徒ならだれでもいつでも使っていいことになっている。一つ一つの席がパーティションで区切られている、なんてこともなく、二人掛けの机が整然と並んでいるだけだ。この席なら、あの人が部屋を出て行くときに見逃すことはない。この場で声をかけないのは、自習室では私語厳禁だから、というのもあるけど、彼が本を読んでるときに話しかけては絶対にダメだ、と忠告されているからでもあった。

作戦はシンプルだ。あの人が自習室を出たらすぐに後を追って声をかけ、自己紹介をする。それだけ。ファーストコンタクトとしては十分だ。完全下校時刻は午後七時と決まっている。午後七時になれば、この自習室で勉強に勤《いそ》しんでいる生徒も全員、下校しなければならない。つまり、遅くともいまから二時間以内に、あの人は必ず自習室を出ていく。それまでは、大量にある課題をこなしながら過ごせばいい。うん、じつにシンプルだ。

僕の通う私立明志館《めいしかん》学園は、以前は高校部だけだったが、八年前に中学部が新設され、現在に至っている。もともとは古い市街地に校舎があったが、周辺の大規模な道路拡張工事にともなって立ち退くことになり、いまの場所に移転してきた。それが昨年のこと。つまり、僕たちの代が、新校舎になって入学した第一期生というわけだ。

新校舎効果はたしかにあったようで、移転してから入学希望者が大幅に増え、中学・高校とも偏差値が五ポイントくらい上昇したらしい。もっとも、それ以前から生徒の学力アップには学校をあげて取り組んでいたとのこと（入学式での校長の訓辞から得た情報。信頼度B）で、その甲斐《かい》もあってかどうか、中高一貫科と特別進学科からは超難関国立大学の合格者も出している。そして、なにを隠そう、いま自習室で本を読みふけっているあの人も、高校部二年特別進学科理系コースの最上位クラスに在籍する、学業きわめて優秀な生徒の一人なのだった。

かくいう僕の成績はというと……あ、いや、この話はやめておこう。クラスメイトには塾に通っている者も多いが、僕は勉強といっても学校で出された課題しかやっていない。あとは無料のオンライン講義を流し見するくらい。だからまあ、推して知るべしってやつだ。

そうこうしているうちに時間が過ぎ、自習室のスピーカーから完全下校時刻五分前を報《しら》せるチャイムが鳴り響いた。勉強していた人たちは、大きく息を吐いたり伸びをしたりしてから、自習室を出て行く。僕もやりかけの課題（二時間近く使っても終わらない量の課題なんて信じられます？）を通学鞄《かばん》に押し込んでから、さてあの人は、と振り返ると、二時間前と寸分違《たが》わぬ姿勢のまま動かない。

いや、動いた。

指で本のページをゆっくりとめくった。そしてふたたび凍結する。

帰る気配はない。いや、そんなはずはない。まもなく先生が見回りにきて、自習室も施錠される。追い出されるまで読書を続けるつもりだろうか。見かけによらず神経が太いのかもしれない。

いま自習室に残っているのは、その人と僕だけになった。本を読んでいるときに話しかけるな、と忠告はされたが、どちらにしろ、もうすぐ読書を中断して帰らなければならないのだ。ここで僕が少々早めに遮ったところで、それほど違いはないのではないか。

まさかいきなり殴られることもないだろう。そもそも、帰宅を促すチャイムはすでに鳴っている。

僕は席を立ち、その人の机の前まで近づいた。しかし、ここに至ってもなお、僕の存在に気づいた様子がない。あるいはわざと無視しているのか。だとしたら、ちょっと嫌だけど。

「あの、朱鷺丘《ときおか》先輩」

反応がない。まったくない。

僕は思いきり息を吸い込んだ。

「朱鷺丘先輩っ！」

するとその人は、びくっと肩を躍らせ、本から顔を上げた。少々大げさなリアクションではあったが、芝居にしては真に迫りすぎている。ほんとうに僕の存在が、目にも耳にも入っていなかったのだ。一ミリたりとも。そしてたぶん、さっきのチャイムも聞こえていない。凄《すご》い人だな、と思った。

「はじめまして。僕、中学部二年七組の芦川翔《あしかわしょう》といいます。高校部二年十二組の朱鷺丘昴《すばる》先輩、ですよね」

その人は、身体を強《こわ》ばらせて息を詰め、大きく見ひらいた目で僕を凝視している。いったいぜんたい、どうして君はこの私に話しかけているのだ、と全身で問いかけるかのように。

「すみません、こんなところで。でも僕、朱鷺丘先輩とどうしても知り合いになりたくて。というのも」

堪《こら》えきれず早口になった。ようやくこの話ができる。この興奮を人と共有できる。そう思うと顔がにやけるのを止められない。

「ほかでもない、例のM33ETIのことなんですけど――」

朱鷺丘先輩がとつぜん立ち上がり、読んでいた本と鞄を胸にかき抱くようにして自習室を出ていった。

呼び止める間もない、一瞬の出来事だった。

さんかく座。

という星座を知っていた人は、多くないと思う。アンドロメダ座とおひつじ座というメジャーな星座に挟まれた小さな領域であり、なにより名前が地味だ。カシオペヤやペルセウス、オリオンのように派手な固有名詞でもなければ、有名な神話が由来となっているわけでもない。星占いでも無視されている。想像力を駆使して動物や物に見立ててあるでもなく、ただ星が三角形に並んでいるからさんかく座。天球上で最も安易な星座といえるかもしれない。

ところがいまや、このさんかく座、ニュース関連のコンテンツでその名を目にしない日はない。

ウィキペディアによると、事の起こりは三年ほど前に遡《さかのぼ》る。

カリフォルニア大学バークレー校の研究グループが、ある電波天文台のパラボラアンテナが捉《とら》えたデータを解析しているとき、奇妙な信号が記録されていることを発見した。ノイズの十倍以上という強さで、素数のパルスから始まる複雑な信号が、約四十七分四十九秒周期で延々と繰り返されていたのだ。このような電波は自然現象ではあり得ない。明らかに数学の知識を有した何者かによる人工的なものだ。当該時刻に天文台のアンテナが向けられていたのは、さんかく座領域にある渦巻銀河M33だった。この報告を受けた世界中の電波天文台は、一斉にアンテナの照準をM33に合わせた（こういう信号を検出したときに備えて国際ルールができていたそうだ）。そして三年間にわたってあらゆる可能性が厳密に検証された結果、この電波は地上や人工衛星から発せられたものでもなければ、宇宙のどこかで発生した自然現象でもなく、三百万光年離れたM33さんかく座銀河から届いた人工電波であることが確実になった。

ちなみに、現在の地球人類の科学水準では、同レベルの電波をM33まで到達させることは不可能で、届いたところでせいぜい数万光年とされている。つまり、三百万光年彼方《かなた》に「存在する」あるいは「存在した」何者かは、人類をはるかに凌駕《りようが》する、想像を絶する高度な文明を築いていた可能性がきわめて高いということだ。人類史上初めて、地球外知的生命（Extra-Terrestrial Intelligence、ＥＴＩ）が確認されたのである。

この事実が公表されると、当たり前だが、全世界が興奮に沸き立った。そして僕はというと、自分の部屋で奇声を上げて踊りまくった。これはとんでもないことなんだ。もの凄いことなんだ。人類史上最大の発見。新たな時代の幕開け。そんな言葉じゃ一パーセントも伝えられないくらいの大事件、大発見なんだ。

そのニュースを知った夜は眠れるわけもなく、朝までネットで情報を漁《あさ》った。専門家や天文学クラスタ、SFクラスタと呼ばれる人たちの意見を手当たり次第に読み、ときには思い切って自分でもコメントを送った。英語のニュースサイトも、自動翻訳機能を使ったり自分で単語を調べたりしながら目を通した。こんなに大量の英文に触れたのは人生初かもしれない。それでもなお、歴史的超大イベントの目撃者になっている実感を味わい尽くすには十分じゃなかった。

このニュースは学校でも話題になった。というか、真っ先に僕が話題にした。でも、クラスメイトの反応は、僕の期待したものとは少々違っていた。

「へえ、宇宙人ってほんとにいたんだ」

「まだ見つかってなかったの？　おれ、とっくに発見されてるのかと思ってた」

「これ、返信したらやばいやつだよね。絶対、宇宙艦隊が攻めてくる。『三体』読んだ？」

「もう来てるんじゃない？　で、人間のふりして生活してるの。このクラスにもいるかも」

「きっと超能力とか使えるんだろうな。人類、どう考えても勝てないじゃん」

「下手にコンタクトとると、マジで侵略されるぞ。うまく交渉できればいいけど、万が一宇宙戦争になっても対抗できるよう、全人類が力を合わせないと。たぶん、これをきっかけに地球連邦が誕生すると思う」

「いやいやいやいや、そうじゃないんだよ。今回の発見はそういうんじゃないんだって！」

僕は懸命に彼らの誤解を正そうとした。

「だってさ、三百万光年離れてるんだよ。光の速さで進んでも三百万年かかる距離だよ。いま地球に来ている信号は三百万年前に発信されたもので、その文明がいまも存在しているかどうかわからないし、とっくに滅んでる可能性だってある。それに、返信してもこっちの電波は弱すぎて向こうに届かないし、仮に届くとしてもまた三百万年かかる。一往復するだけで六百万年。とてもじゃないけど交渉なんてできないし、戦争するにも遠すぎる」

「じゃあ、この宇宙人とは、コンタクトできないの？」

「できない」

「会ったり話したりも？」

「ぜったい無理」

「だったら、意味ないじゃん」

「え？」

「関わり合えないんじゃ、互いに存在する意味ないんじゃね？」

「いや、でも、いるってわかっただけで凄いよね？」

「なんで」

「だって……これは凄いことだからだよ！」

このときほど自分の語彙《ごい》力のなさを呪ったことはない。

僕は、この鳥肌がたつような興奮を、目の前のだれかと分かち合いたかった。ネットでコメントを送り合うだけでは満たされないものを満たしたかった。でも、この発見の重大さを理解し、感動を分かち合えるような友人は、残念ながら僕の周りにはいなかった。

そんなとき、クラスメイトの一人が貴重きわまる情報をもたらしてくれた。なんと我が校の高校部に、天文学者を母に持つ男子生徒が在籍しているという。しかもその天文学者の先生は、信号の検証作業に参加した専門家の一人でもあった。

その先生の名は、朱鷺丘鈴香《すずか》。そう、朱鷺丘先輩の母君だ。だから朱鷺丘昴先輩なら、当然、この大発見の意味も僕以上に理解しているはずだと思ったのだ。母親の仕事を間近で見てきているのだから。

「芦川くん」

不意に聞こえた声に、ネックウォーマーに埋《うず》めていた顔をゆっくりと上げた。校門はもう目の前だったが、周辺にはだれもいない。後ろを振り返ると、校舎まで延びる広い通路をやってくる人影が一つ。右手をさっと挙げて、にこりと歯を見せる。

「あ、滝沢《たきざわ》先輩……」

四階建ての校舎には、まだ明かりの灯《とも》っている教室もあるが、吹奏楽部の楽器の音も、放送部の発声練習の声も、聞こえてこない。右手に広がるグラウンドにも、ハンドボール部やサッカー部の姿はすでになく、八本のポールの上に備え付けられたＬＥＤ投光器の光が、寒々と地面を照らしているだけだ。

「会えた？」

放課後に高校部二年十二組の教室をのぞいているとき、「どうしたの？」と声をかけてきたのが、滝沢修太郎《しゅうたろう》先輩だった。朱鷺丘昴という人を探していると告げると「この時間はいつも自習室にいるはずだよ」と親切に教えてくれたのだ。

「会えたことは会えたんですけど」

僕がことの顛末《てんまつ》を話すと、あははと軽やかに笑う。

「だからいったじゃん、本を読んでるときは声かけちゃダメだって」

「いきなり逃げられるとは思いませんでした」

僕は、登校するときは最寄り駅から路線バスを使うが、徒歩でも二十分くらいの距離なので、帰りは歩くことも多い。滝沢先輩もそうだというので、僕らは歩道を並んで駅に向かうことになった。

「滝沢先輩も勉強ですか」

放課後も自主的に学校に残って勉強する生徒はけっこういる。わからないところを先生に質問したり、自習室や図書室で友達といっしょに勉強したりするのだ。高校部特別進学科の生徒が二年まで部活動を続けるケースは、まず、ない。

「俺は生徒会の仕事。これでも広報委員会の委員長やってんだよ。〈明志〉っていう、毎月配られる広報紙を作ってんだけど、読んでる?」

「すみません。今後はちゃんと読みます」

滝沢先輩は、朱鷺丘先輩ほどではないが背が高く、朱鷺丘先輩と違って正真正銘のイケメンだ。ネイビーブルーのマフラーの巻き方も、おしゃれでかっこいい。中学部二年の僕からすると、高校部の人たちはみな大人っぽくて威圧感があるが、滝沢先輩は気さくで明るく、初対面のときも緊張せずに話すことができた。間違いなく女子にもモテるタイプだ。

「芦川くんは、どうしてディラックに会いたかったの?」

「ディラック……朱鷺丘先輩のことですか」

滝沢先輩がうなずいて、

「朱鷺丘って極端に無口でさ、なにを聞かれても、せいぜい一言、イエスかノーくらいしか答えないから、あるとき担任が呆《あき》れて『おまえはディラックか』って漏らして、それからみんなディラックって呼ぶようになった。本人もとくに嫌がってる感じじゃないし」

「でも、どうしてそれでディラックなんです？」

「そういう名前の物理学者がいたんだってさ。無口で滅多に人と交わらないけどむちゃくちゃ頭のいい、極めつけの変人が」

「有名な人なんですか」

「いちおうノーベル賞をとってる」

「普通に凄い人じゃないですか」

駅に向かう通りには、ヘッドライトを灯した車が絶えず行き交っている。この時間、歩道を歩く人も意外に多い。買い物袋を提げた年配の女性とすれ違った。

「で、さっきの質問だけど」

「ええと、一言でいうと、朱鷺丘先輩と話がしたかったんです」

「だから、どうして、よりによってディラックなの？」

「なんていうか」

僕は少し間を空けた。これから話すことを頭の中で整理する時間が欲しかったからだ。

「滝沢先輩は、M33ETIに興味ありますか」

「M33……もしかして、三百万光年離れた宇宙で見つかったっていう？」

「それです」

滝沢先輩が、ううん、と唸《うな》る。

「はっきりいって、俺は疑問に思ってるんだよね。ちょっと信じられないっていうか」

「……え」

「地球以外の星にも生物はいると思うんだよ。宇宙人もどこかにいる。でも、その宇宙人から信号が送られてくるなんて、いくらなんでも出来過ぎって気がするんだよなあ。ほんとなの、あれ？」

「それ話し出すと止まらなくなりますけど、いいですか」

滝沢先輩がおかしそうに笑う。

「それは困る」

「だからです」

滝沢先輩が首を傾げた。

「こうやって、M33ETIの話題を思いっ切り語れる友達が周りにいなくて」

「……ああ、そういうこと」

「そうしたら、高校部二年に、お母さんが天文学者をやってる人がいるって聞いて」

「うん。たしか、大学の先生なんだよな」

「だったら、その息子である朱鷺丘先輩もきっと宇宙のことをいろいろ知っていて、M33ETIにも興味を持ってるはずだと思ったんです」

「なるほど。事情はわかった。でも、水を差すようだけど、ディラックにそういうことは期待しないほうがいいと思うよ」

「宇宙に興味はないと？」

「そっちじゃなくて、人と熱く語り合って感動を共有するってタイプじゃないんだよ、あいつは」

「……そうなんですか」

「語り合うどころか、あいつに二言以上しゃべらせることが、まず難しい」

「それほどとは……」

交差点で進行方向の信号が赤になり、僕と滝沢先輩は足を止めた。対向車線で列をなすヘッドライトが目に痛くて、僕は顔を伏せる。夜の冷気が強くなったように感じた。

「芦川くんは、宇宙に詳しいんだ」

信号が青に変わり、僕らは横断歩道を渡る。

「ぜんぜん詳しくないです。星を見るのが好きなだけで」

ネットでは、相対性理論や量子力学、最新の素粒子物理学の知見まで駆使して宇宙を語る人がいくらでもいる。そんな人たちに比べれば、僕の知識なんてゼロに等しい。

でも、相対性理論の方程式がわからなくても、素粒子の振る舞いが理解できなくても、星を眺めれば宇宙の広さを感じることはできる。宇宙が誕生してからの膨大な時間を思い描くことだってできる。

「星かぁ」

滝沢先輩が歩きながら空を見上げる。

きょうは朝から晴天だった。いまも星は出ているが、ところどころに雲も流れているようだ。

「宇宙人がいるっていうM33って、どのあたり?」

「ええと」

僕も夜空を見上げる。

まず北の空に北極星を確認してから、カシオペヤ座を探す。Wの文字を象《かたど》る五つの恒星のうち、二つの谷の角度の大きいほうの頂点に位置するデルタ星と北極星を結び、北極星と逆の方向へ同じくらい線を延ばしたあたりに、M33は広がっているはずだ。

「あの辺です」

僕は、真上から少し北西寄りの空域を指さした。

滝沢先輩が足を止めて目を凝らす。

「肉眼でも見える?」

「無理だと思います。とくに、こういう町中だと明るすぎて」

M33は、天球上では満月の倍くらいの大きさだが、とにかく暗いので、理想的な観測条件がそろったときでさえ、淡いシミのようにしか見えないらしい。じつは僕もまだこの目で見たことはない。天文台の一般観望会に申し込んだこともあるけど、いまは参加希望者が殺到しているとかで、抽選にかすりもしなかった。でも、いつかは絶対に見たいと思っている。

「いまも電波が届いてるってこと? あそこから、この地球に」

「そうです。いまこの瞬間も、僕らの上に降り注いでるんです。三百万年かけてやっとたどり着いた信号が」

「なるほどなぁ。たしかに、もし本当だったら凄いことかも」

「そうなんですよ！　これは凄いことなんです！」

僕は力を込めていった。

「四十七分四十九秒の信号には、なんらかのメッセージが含まれている可能性が高いといわれてますけど、解読の目処《めど》はぜんぜん立っていないんです。当然、彼ら、えっとつまり、M33にいる宇宙人ですけど、彼らの意図も正体も不明です。でも、いるのは間違いないんです。地球の人類以外に、宇宙に文明を築いた知的生命がいたんです。それが初めて確認できたんです。これだけでもほんとに凄いことなんですっ！」

夜空から目をもどした滝沢先輩が、唖然《あぜん》として固まっている。

顔面に汗が滲《にじ》んだ。

「ごめんなさい。一人で熱くなっちゃって」

滝沢先輩が愉快そうに表情を崩す。

「いやぁ、いいと思うよ、そういうの。いいなぁ。羨《うらや》ましい」

「そう……ですか」

僕らはまた駅へと足を進める。

「やっぱり、天体望遠鏡とか、持ってるの？」

「小さいころにお小遣いを貯めて買ったのはあるんですけど、いまはほとんど使わないです。僕は、星を見るなら双眼鏡のほうが好きです」

「へえ、双眼鏡で星をね。なんか意外だな」

「父からもらった、ニコンのモナーク7というやつです。有名な天体写真家も愛用してる機種で」

「そっか」

最後の交差点を青信号で渡った。

駅はもう目の前だ。

「で、どうする。ディラックのこと」

僕の当ては完全に外れた。目論見《もくろみ》はもろくも崩れ去ったというやつだ。にもかかわらず「もう、いいです。諦《あきら》めます」と口にすることには躊躇《ためら》いを感じた。謎めいた予感が、僕を強く引き留めていた。

「たしかに、その宇宙人についてディラックと熱く語り合うのは、難しいと思う。でも、なんとなくだけど、芦川くんはあいつと馬が合いそうな気もするんだよね」

僕は滝沢先輩の横顔を見上げた。

「ほんとですか」

「あいつは、自分から口を開くことは滅多にないし、しゃべることを無理強いされるのをなにより嫌がるけど、人の理路整然とした話を聞くのは平気なんだよ、さっきの芦川くんのみたいな」

「僕、理路整然としてました？」

とてもそうは思えないけど。

「それから、これも知っておいてほしいんだけどさ」

わずかな沈黙を挟んで、滝沢先輩が付け加える。

「俺は、あいつが好きなんだ」

そういうと、からりと笑みを見せた。

「ま、ゆっくり考えてみてよ。あいつが、芦川くんが人生で出会う、もっとも風変わりな人間の一人であることは保証する」


だめだ。

やっぱり見えない。

僕はいったん双眼鏡を下ろした。

位置は間違っていないはずだ。念のためにスマホの天体観測アプリでも確認した。しかし、北極星とカシオペヤ座のデルタ星を結んだ延長線上に広がっているはずのM33銀河は、どうやっても僕の網膜に像を結ばない。

「アンドロメダは見えるんだけどなあ」

気を取り直し、もう一度双眼鏡を空に向ける。

滝沢先輩にもいったように、僕の愛機はニコンのモナーク7。もともとは父が趣味のバードウォッチング用に購入したものだ。倍率は八倍。対物レンズの有効径は四十二ミリ。コンパクトで僕の手にもほどよく収まる。なによりデザインがかっこいい。性能はいうまでもない。

僕が小学生のときに買った天体望遠鏡は、初心者向けのいちばん安いものだった。初めて望遠鏡に触れた僕は、かろうじて判別できた土星の輪に感激するよりも、天体観測には知識と技術が必要だということを思い知った。

まず、天体望遠鏡の視野はきわめて狭い範囲に限られるので、見たい星をその視野に収めるまでが、素人には一苦労だ。望遠鏡の向きをほんの少し変えるだけで、それまで見えていた像が突風に吹き飛ばされたみたいにどこかへ行ってしまう。それに地球が自転していることも忘れてはならない。どういうことかというと、夜空に瞬く星も、太陽や月と同じように、天球上を二十四時間周期で回っている。だから、苦労してせっかく捉えた星も、のんびりしているとどんどん動いて視野から外れてしまうのだ。心ゆくまで星を愛《め》でてる暇なんてない。向きを微調整しようと下手に望遠鏡を動かそうものなら、まったく見当違いの空域に飛んでしまい、また一からやりなおしだ。目標の天体を自動追尾する装置も市販されていたけど、僕のお小遣いではとてもじゃないけど手が届かなかった。

その点、双眼鏡には自由がある。手持ちだから像はぶれるし、倍率でも天体望遠鏡に負けるけど、星の海を自在に飛び回れる。肉眼ではよく見えない暗い星だって、信じられないくらい明るく見える。とくにニコンのモナーク7は、星空観察用としても定評があるそうだ。僕なんかこれで初めてオリオン大星雲を見たときは感動のあまり声も出なかった。

しかし、そのモナーク7を以《もっ》てしても、M33は見えないのだ。これはモナーク7が悪いんじゃない。まず場所が悪い。一戸建てやマンション、街灯から放たれる大量の光が、空の闇を薄めてしまっている。車の排気ガスや空気中の微粒子の影響も無視できない。徹底的に暗くて、徹底的に空気の澄んだところでないと、やはりM33は捉えきれない(ちなみに、昔買った初心者用天体望遠鏡でM33を見ようとしたこともあるけど、モナーク7に比べて視界の鮮明度が低く、まったく使い物にならなかった)。

あとは僕の探し方、というか、意識の当て方にも問題がありそうだ。極端に淡いM33の像を見定めるにはコツがあって、視界の中央に神経を集中させるのではなく、その周囲に意識を広げなければならないらしいのだけど、僕にはその辺りの感覚がまだよくわからない。でも、なにか一つきっかけを摑《つか》めれば、M33の姿が魔法のように浮かび上がってきそうな予感はある。

M33に地球外知的生命の存在が確認されたとのニュースが世界を駆けめぐってから、早くも一ヵ月が経とうとしていた。

それで世界は変わったか。

変わったものもある。地味な星座の代表格だったさんかく座はいまや超メジャーだし、M33銀河はあのM31アンドロメダ銀河を抜いて人気も知名度もトップに躍り出た。M33を特集した天体写真集まで緊急刊行されている。メディアでは異星人評論家なる人々が登場して好き勝手なことをいい、ネットで「会ったことあるんかい！」と突っ込みの嵐を浴びた。天体観測がブームになり、天体望遠鏡や双眼鏡はエントリーモデルからハイエンドまですべて品薄で、人気機種は手元に届くまで三ヵ月待ちも珍しくないという。各地の一般公開されている天文台が大盛況なのは前にも触れたとおりだ。

でも、僕にはそれらが、どうにも上っ面だけの騒ぎに思えてならなかった。人類以外に文明を築いた生命体が宇宙にいたという事実は、僕らの存在のいちばん根源的なところを揺さぶるものだ。地球連邦結成とまではいわないけど、もっと深くて大きな、うねりのような変化が起こってもおかしくないのに、それらしきものはなにもない。もっとも、M33みたいに、僕に見えていないだけかもしれないし、もしかしたらこれから大きな動きがあるのかもしれないけど。

ネットには、僕の感覚に近い人もけっこういるようだ。ある人は、人類は初めて他者を得たのだとコメントしていた。我々には〈彼ら〉つまりM33ETIの価値観も生命観も想像がつかない。人類が持っている愛や美の感覚も通用しないだろう。仮にそんな彼らと接触したら、どうコミュニケーションをとればいいのか。

その人によれば、数学や科学ならば共通言語になりうるという。一に一を加えたものは、三から一を減らしたものに等しい。これは宇宙のどこでも変わらない普遍的な事実だ。なにより、彼らの信号の冒頭部分は素数の数列だったのだ。人工的な電波であることを示すためにあえてそうした可能性が高い。彼らも数学ならば通じると判断したのだ。

宇宙における普遍的な事実という点では、科学もまた同様のはず。彼らは、宇宙が加速しながら膨張していることを知っているだけでなく、重力の謎や、暗黒物質、暗黒エネルギー、人類がまだその存在に気づいてさえいない謎も解明しているに違いない。宇宙の謎を一つ解明することは、彼らとの共通言語を一つ増やすことに繋《つな》がる。

この文章を読んだとき、僕は得体の知れない興奮に血が沸き立った。たしかに、三百万光年の時空に隔てられた彼らと、実際に接触することはないだろう。それでも、それでもだ。彼らとの共通言語は存在する。

数学と科学。

これこそが、M33ETIだけでなく、宇宙のどこかにいる、すべての知的生命と共有できる唯一の——。

「翔ちゃん！」

家の中から響いてきた馴染《なじ》み深すぎる声に思いっ切り気分を壊され、僕は舌打ちをした。

「まだ屋上にいるの？」

「……ああ」

ぶっきらぼうに返事をしながら双眼鏡を下ろす。

「早くお風呂《ふろ》に入りなさいっ」

「わかってるよ」

住宅街の中に建つ、限りなく立方体に近いグレーの一戸建て。それが、僕と両親の暮らす家だった。その屋上はささやかな庭園になっており、僕は夜毎《よごと》ここで星を眺めて自分の世界に浸っているというわけだ。

「翔ちゃん！」

「わかってるって！　うっるさいなあ」

僕はため息を吐き、モナーク7のレンズに保護キャップを被《かぶ》せながら、よし、と心に決めた。

明日もう一度、朱鷺丘先輩に声をかけてみよう。こんどは、ちゃんと本を読み終えるのを待ってから。


ところが翌日、放課後に自習室をのぞいても、朱鷺丘先輩の姿はなかった。黙々と勉強しているメンバーも、彼ら彼女らが座っている場所も、前日とほぼ同じなのに、朱鷺丘先輩が厚い本を読んでいた席だけが空っぽだったのだ。

僕は胸騒ぎがして、高校部二年十二組の教室へ急いだ。

教室に残っていたのは女子の先輩たち三人で、みんな机の上にお尻《しり》を乗せておしゃべりをしていた。どうやら担任の悪口で盛り上がっているところらしい。僕は、朱鷺丘先輩がきょう学校に来たかどうかだけでも聞きたかったが、壁のようなものを感じて、なかなか声をかけられなかった。

どうしようか迷っているとき頭に浮かんだのは、気さくなイケメン、滝沢修太郎先輩の顔だ。きょうも生徒会の仕事で学校に残っているかもしれない。でも、生徒会の仕事って、どこでやってるんだ。

僕はこの学校に通うようになってもうすぐ二年になるけど、校舎の隅々まで頭に入っているわけじゃない。とくに高校部のある三階と四階には滅多に足を踏み入れないし、生徒会に関わったこともないから、各委員会の人たちがどこで話し合いや作業をしているのかも知らない。

「ねえ、君」

教室に残っていた三人の女子先輩たちが、いつの間にか、僕の立っている廊下まで出てきていた。胸の名札によると、左から斉藤《さいとう》先輩、太田《おおた》先輩、木暮《こぐれ》先輩だ。

「中学部の子だよね。さっきからそこにいるけど、何か用？」

僕から見れば高校二年女子はめちゃくちゃお姉さんだ。しかもその三人に行く手を塞《ふさ》がれる形になっているから威圧感がまた凄い。

「やだ。なに赤くなってるの、この子。かわいい」

「だめだよ、後輩をいじめちゃ」

「いじめてないよう。かわいがってるんじゃない」

「ユカがいうと別の意味に聞こえるって」

「……あのぅ」

三人が一斉に注目してくる。

後ずさりしそうになるのを堪えて、

「朱鷺丘先輩、きょう、学校に来てましたか？」

「ディラック？ 来てたけど」

「変わった様子は、ありませんでしたか」

「変わった様子？」

「はい」

「ディラックがぁ？」

「あ……はい」

三人が、ゆっくりと互いの顔を見合わせた直後、ぶはっと吹き出した。

「え、あの……」

なぜここでうけるのか。

「ごめんごめん。だって、ディラックに変わった様子なんて」「もともとこれ以上ないっつうくらい変わってるのに」「おっかしい」

三人とも身体をよじっていつ果てるともなく爆笑している。

そんなに笑うことだろうか。でも、学校には来ていたとのことなので、僕はとりあえず安心した。

「それであの……朱鷺丘先輩がいまどこにいるか、わかりますか」

いちばん左の斉藤先輩が潤んだ目を拭《ぬぐ》いながら、

「自習室でしょ」

朱鷺丘先輩が自習室に籠《こ》もることは知れ渡っているらしい。

「自習室にはいなかったんです」

「んじゃ帰ったんじゃないの」

朱鷺丘先輩が学校に来ていたのはよかったが、だったらなぜ自習室にいないのかが気になった。もしかしたら僕のせいかもしれない。

「あの……滝沢先輩はわかりますか、どこにいるのか。昨日は生徒会の仕事で遅くなったそうですけど」

「ああ、彼、委員だもんね」

「生徒会の仕事で残ってるとしたら、どこにいそうですか」

「ううん、どこだろ」

三人が急に笑いを収め、真剣な顔で考えはじめた。あまりに真剣なので、僕のほうが申し訳なくなるくらいだった。

額を突き合わせてあれこれ意見が交わされたが、三人の一致した結論としては、

「図書室かな」

ということになり、僕は礼をいって図書室に急行した。

図書室にも勉強している生徒は何人もいたが、自習室と違うのは、ここでは多少の私語は許されるということだ。さすがに大声を上げたり騒いだりするのはまずいけど、小声で会話するくらいなら大目に見られる雰囲気があった。そして三人の女子先輩の予想は見事的中し、その図書室の一角に、滝沢修太郎先輩はいた。おそらく同じく広報委員であろう女子生徒と二人、ノートを広げて熱心になにかを話し合っている。僕が近づくよりも早く、滝沢先輩がこちらに気づき、

「あ、芦川くん」

と手を挙げた。滝沢先輩の話し相手だった女子生徒が、僕を見てあからさまに顔をしかめた。うわ、間が悪かったかもしれない、と思ったが後の祭りだ。

「……すみません。いま、いいですか」

「うん、いいよ」

僕は、朱鷺丘先輩が自習室にも教室にもいないことを手短に伝えて、

「どこにいるか心当たりはありませんか。それとも、やっぱりもう帰っちゃったんでしょうか」

「そういうことなら確かめてみよう」

滝沢先輩がすっと腰を上げた。

「ごめん。すぐもどるから」

相手の女子生徒に笑顔で断ってから、

「いっしょに来て」

さっさと図書室を出ていく。

僕は、むすっと睨《にら》みつける女子生徒さん（名札を見る余裕はなかった）に頭を下げ、あわてて後を追った。

「ディラック、以前は図書室を使ってたんだよね。放課後の居場所として」

僕が追いついて横に並ぶと、滝沢先輩がいった。

「だけど、ほら、図書室には図書担当の先生がいつもいるでしょ。で、あいつが本を読んでたときに、その先生から話しかけられたらしいんだよ。『その本、面白いかい？』って」

「それで朱鷺丘先輩は？」

「無言で本を閉じて図書室を出た」

「やっぱり」

「以後、放課後の図書室でディラックの姿を見た者はいない」

「その代わり、自習室に姿を見せるようになった、というわけですか」

「ちなみに、そのときあいつが読んでいた本というのが『百年の孤独』だってさ」

そういって、あはは、と笑う。

「さすがにネタじゃないかと思うけどね。本人に確認したわけでもないし」

残念ながら僕には『百年の孤独』がなんなのかわからず、愛想笑いしかできない。

「僕のせいですね。きのう僕がいきなり話しかけて読書の邪魔をしたから」

「そのあたりも本人に聞いてみるんだね。答えが返ってくるかどうかは保証しないけど」

滝沢先輩は、扇状に広がる大きな階段を下りて、校舎のエントランスに向かう。そこには全校生徒の下駄箱《げたばこ》がずらりと並んでいる。僕はようやく滝沢先輩の意図を悟った。

滝沢先輩が、高校部二年十二組の下駄箱のうち、〈朱鷺丘〉と名札の付いた扉を開ける。中を見て、ほう、と声を漏らす。

「まだ帰宅してない」

朱鷺丘先輩の黒い通学用シューズが残されていた。

「ディラックは、この校舎のどこかにいるってことだ」

滝沢先輩が、下駄箱の扉を閉めてから、僕に向き直る。

「では芦川くん、ここで彼の居場所を推理してみようじゃないか」

「滝沢先輩、なんかすごく楽しそうですけど」

「こういうの好きでさ」

両手を胸の前でぱちんと合わせる。

「でもこれは、けっこう簡単だな」

「え、もうわかったんですか」

「ディラックが、放課後の居場所を図書室から自習室に移したのは、本を読んでるときに話しかけられたくないから、だったよね」

「でも、僕がきのう話しかけたから、自習室にも来なくなった」

「つまり彼は、図書室でも自習室でもない、新しい場所を見つけたんだ。話しかけられる心配のない場所を」

なるほど、と僕はうなずく。

「しかしこの校舎の中に、自習室以外にそんな場所があるのか。しかもそこは、生徒が自由に出入りできなければならない。だれもが出入りできるのに、だれからも話しかけられない。そんな場所といえば？」

滝沢先輩が僕を見つめる。

「……あ」

ぴんと来た。

滝沢先輩がにっこりと笑った。

「行こうか」

それは校内に何カ所もあるが、朱鷺丘先輩ならやはりいちばん人の来なそうなところを選ぶだろうということで、まず四階から調べることにした。これが大当たりだった。

男子トイレ内のいちばん奥のブース、つまり大きいほう用の個室が、いままさに使用中だったのだ。決定的だったのは、本のページをめくる微《かす》かな音が、中から漏れ聞こえたことだ。

僕は、滝沢先輩と無言で立ち尽くしながら、呆れるというより感動していた。ここまでして人との関わりを拒絶するその意志の固さと頑《かたく》なさに。そして、ごく自然な帰結として、その疑問が頭に浮上した。

「なぜ家に帰らないんでしょうか」

「うん？」

「話しかけられるのが嫌なら、さっさと家に帰ればいいと思うんですけど、なんでぎりぎりまで学校に残っているんでしょうか。家に帰りたくない事情でもあるんでしょうか」

「さあ、なんでだろうね。俺にもわからない。本人に聞ければいいんだけど」

またページをめくる音がした。

「で、どうする？」

完全下校時刻まであと一時間くらいある。

「待ちます」

「ここで？」

「はい」

「そっか。じゃあ、俺はもどるよ」

「滝沢先輩、ありがとうございました」

僕はあらためて頭を下げた。

「そうだ。もう一つ忠告しておくと、ディラックからなんらかの反応が欲しいのなら、質問はイエスかノーで答えられるものにとどめること」

「それ以上の質問をしたら？」

「聞かなかったことにされる」

「肝に銘じます」

滝沢先輩が表情を和らげ、

「君はほんとうに素直な人だね。きっとディラックとも……いや、それはわからないか。とにかく幸運を祈るよ」

ダンサーのようにくるっと身を翻《ひるがえ》し、足取りも軽く図書室に帰っていった。

四階の人気《ひとけ》のない廊下に一人残った僕は、さて、と思案する。

約一時間後に間違いなく到来するであろう、朱鷺丘昴先輩とのセカンドコンタクトにどう備えるか。滝沢先輩の忠告をもとに対策をまとめてみる。すなわち、話す内容を簡潔かつ論理的にし、質問は核心的なものを一つだけ、シンプルに肯定か否定かを問うものとする。

最大の問題は、論理的云々《うんぬん》というやつだ。滝沢先輩はああいってくれたが、僕は自分の話が理路整然としていたとはまったく思わない。ただ思いの丈をぶちまけていただけだ。論理的に話すといっても、どうすればいいのか。鞄からノートを取り出して、話す内容を整理してみようかとも思ったが、卒業式のスピーチじゃあるまいし、原稿を読みながら朱鷺丘先輩に話しかけるわけにもいかない。要するに、自分の脳を駆使するほかはないのだ。

トイレから出てきた朱鷺丘先輩を、どう呼び止めるか。呼び止めたとき、朱鷺丘先輩はどう反応するか。その反応を受けて、どのタイミングで、どう話を切り出すか。切り出した話を、最後の質問にどう繋げるか。さまざまなパターンを想定してシミュレーションを繰り返す。

集中していると時間が過ぎるのは速い。

我に返ると、完全下校時刻五分前を告げるチャイムが鳴っていた。

しかし、朱鷺丘先輩が籠もっているであろうブースに動きはない。

そのときになって、ようやく思い至った。

きのうの自習室のときみたいに、朱鷺丘先輩にはこのチャイムが聞こえていないのではないか。とすれば、先生が見回りに来るまでこの状態が続くことになる。それなりに大きな校舎だ。すぐに来るとも思えない。もうしばらく待つことになりそうだ。

張りつめていた神経が一瞬ゆるんだそのときだった。

アラームが聞こえた。

スマホにデフォルトで入っていそうな、ごく単調なリズム音。

ブースの中から。

音が止まった。

騒々しい気配がしたと思ったら、ブースのドアが開き、朱鷺丘昴その人が出てきた。

完全に虚を衝かれた僕は、思いがけず朱鷺丘先輩と向き合う形になった。

いや、朱鷺丘昴は向き合わない。

僕を一瞥《いちべつ》することもなく、目の前を風のように通り過ぎていく。

このままではまた逃げられる。

「朱鷺丘先輩っ！」

僕は夢中で叫んだ。

無視されることも想定していたが、朱鷺丘先輩は足を止めてくれた。

振り向く。

ここだ。

ここですかさず話を切り出す。

「きのうは自習室でいきなり声をかけてすみませんでした。中学部二年七組の芦川翔といいます。きょうも朱鷺丘先輩とお話がしたくて、ずっと待ってました」

シミュレーションで練習した台詞《せりふ》がすらすらと出てくる。しかし、朱鷺丘先輩の様子には、微かな変化すら生じない。一キロメートル先を見るような眼差《まなざ》しをこちらに向けてはいるが、僕の姿が目に入っているのかどうかも確信が持てない。

「M33さんかく座銀河で確認された地球外知的生命のことは、先輩も知っていると思います。僕は、今回の発見は、単なる科学史上の大発見というだけでなく、僕たち人類の認識に根本的なアップデートを迫るものだと考えています。ここでいう認識には、宇宙や生命に対する認識だけでなく、人類自身に対する自己認識も含んでいます。でも僕には、それが具体的にどういうものになるのか、わかりません。ネットでいろいろな人の意見を読んでいますが、たぶん僕の理解力や知識が足りないせいだと思うんですけど、いまいち腑《ふ》に落ちない。それがもどかしくて、だれかにわかるように説明してほしくて、いや、説明してくれなくても、いっしょに語り合うことで、いろいろと見えてくるものがあると思ったんです。でも、僕の周りに、そういうことに興味のある友達はいなくて、寂《さみ》しいというか、悔しいというか」

僕はなにをいってるんだ。あれほどシミュレートしたのに、またしても自分の心情を吐露している。

「そんなとき、朱鷺丘先輩のことを知りました。日本を代表する天文学者を母に持つ先輩なら、僕なんかよりはるかに今回の発見の意味を理解しているんじゃないか。先輩と語り合うことができたら、僕の中にある曖昧《あいまい》なイメージにも、ちゃんとした形を与えることができるんじゃないか。そう思って、ごめんなさい、ほんとうに失礼なことをしてしまって」

もうだめだ。論理的どころか、自分でもなにをいっているのかわからなくなってきた。せっかく朱鷺丘先輩が足を止めて聞いてくれているのに。これじゃあ先輩の大切な時間を奪ってるだけじゃないか。

「朱鷺丘先輩、ほんとうにすみませんでした。でも、これだけ教えてください」

僕は縋《すが》る思いでいった。

「先輩は、M33銀河で確認された地球外知的生命について、興味はありますか」

静寂が辺りを包んだ。

朱鷺丘先輩は、相変わらず一キロメートル先を見るような目を僕に向けたまま、ぴくりとも動かない。

僕は待つ。

ひたすら返事を待つ。

息詰まる沈黙が、さらに十数秒にわたって続いてから、ついにその時が来る。

「ない」

これが、僕がディラックこと朱鷺丘昴から引き出した、記念すべき最初の一言になった。

＊

それが聞こえるようになったのはいつからなのか、はっきりとした記憶には残っていない。おそらく言葉を解する前だったろう。だから幼い私はずっと、それが普通だと思いながら成長した。ほかの人たちには聞こえていないのだと知ったときの衝撃と混乱は、いまも生々しく思い出すことができる。

その声は、ときにささやくようであり、ときに語りかけるようであり、そしてときに泣き叫ぶようだった。いずれにも共通するのは、なにかを私に伝えようとしているらしいということだ。しかし、その声の発する言語はあまりに不可解で、私には一語として理解できず、かといってだれかに相談することも叶《かな》わず、内容については想像を巡らせるしかなかった。

私にとって最大の疑問は、なぜ私だけなのか、なぜ私だけに聞こえるのか、という点だったが、あるとき、自分の身近にいないだけで、この地上のどこかには、私のほかにも声の聞こえる人がいるのではないか、と思い当たった。

いるのならば会ってみたい。会って、いろいろと話がしたい。もしかしたら、あの言葉の意味をはっきりと聞き取れた人がいるかもしれない。そんな微かな希望に駆られ、この人ならばもしやと直感した人に、声のことを慎重に告白したこともある。

だが、すべてのケースで私の期待は裏切られ、無視されるか、冗談の種にされるか、気味悪がられるかの、いずれかに終わった。

＊

僕はスマホを机に置き、ため息を吐いた。

ネットでは、M33ETIに関する話題がいまなお尽きないが、どれもこれも、はっきりいってどうでもいいものばかりになっている。

M33銀河からの信号に対する地球人類としての対応は、返信するかどうかを含めて、これから国際会議で話し合われることになっているのに、勝手に返信しようとする人が世界中で跡を絶たない。送信する様子を実況中継するユーチューバーの数も検索が追いつかないほどだ。いうまでもなく、彼らの発した電波はM33銀河には絶対に届かないし、そもそも彼らの使っている電波の周波数もむちゃくちゃだ。電波ならなんでもいいってわけじゃない。悪質なものになると、M33ETIからのメッセージをでっちあげて拡散しようとする人までいる。ほとんど相手にされていないけど。

ほかにも「彼らはとっくに地球に来ていて、電波はなんらかの指令を伝えるためのものだ」「地球はまもなく侵略を受ける」「中国政府がすでに独自に接触を試みている」あげくには「地球に来ている宇宙人を見た」「会った」「襲われた」など、考え得るかぎりのさまざまな噂や都市伝説が続々と生まれていた。

一方で、しゃれにならないケースもある。

たとえば、海外のある国では、自分自身のデータを電波にのせて送信してから自殺を図った青年がいた。三百万光年の旅に出る、という内容の書き置きを残して。また、ある宗教者は、今回の発見を、神の存在が証明されたものだ、と主張している。電波信号は神の啓示にほかならず、解読できるのは選ばれた預言者だけだと。宗教者でなくとも、自分には彼らのメッセージが聞こえる、理解できる、と真剣に思い込む人たちが増えているという。この辺になるとちょっと怖い気もする。

数少ない前向きな動きとしては、日本政府がM33以外を対象にした地球外知的生命探査を推し進める方針を発表した。が、案の定、現実に接触不可能な生命体を探すために多額の予算をつぎ込むことへの疑問が、野党や一部マスメディアから噴出し、早くも頓《とん》挫《ざ》しそうになっている。ある社会学者だか経済学者だかは、宇宙人探しなんて一時的な話題作りに過ぎず、時間と金の無駄だと舌鋒《ぜっぽう》を振るっている。

みんな、わかってない。なにもわかってない。これはそんなレベルの問題じゃないんだ。どうしてわからないんだ。という僕も、じつはよくわかっていない。いや、わかっているつもりなんだけど、自分の中にある感覚をうまく言葉にできない。

僕は頰杖《ほおづえ》をついて、またため息を吐く。

朱鷺丘先輩は、ほんとうにM33ETIに興味がないのだろうか。あのときは「ない」という一言しかもらえなかった。次の日、滝沢先輩に報告したら「あのディラックから一言でも引き出せたなら上出来」といわれたけど、僕はいまも諦めきれない。もしかしたら、僕の聞き方が悪かったのかもしれないし、僕がもっとうまく話せていたら、朱鷺丘先輩だって少しは興味を持ってくれたかも——。

あれ、と違和感を覚えた。

そもそも僕が朱鷺丘先輩に近づこうとしたのは、だれかとM33ETIのことを思い切り語り合いたかったからだ。天文学者を母に持つ朱鷺丘先輩ならば宇宙の最新知見に通じており、M33ETIにも興味を持っているに違いないと踏んだのだ。興味がないと明言された以上、朱鷺丘先輩にこれ以上つきまとう理由はないはず。なのに、僕はなんとかして朱鷺丘先輩の気を引こうとしている。M33ETIに興味を持ってもらおうとしている。順番が逆転してないか。

……あ、そうか。

どうやら僕は、朱鷺丘昴という、風変わりな人物そのものに惹《ひ》かれはじめているらしい。担任を呆れさせるほど無口で、読書を邪魔されたくないばかりにトイレに引きこもるような人だ。クラスメイトの女子をして「これ以上ないくらい変わってる」といわしめる人だ。こんなに個性的で面白い人とやっと言葉を交わせたのに（あれを「言葉を交わせた」といっていいのか、という問題はおいといて）このまま知り合いにもなれずに終わってしまうのは、あまりにももったいない。

なにより、朱鷺丘先輩ならM33ETIをどう考えるかを知りたい。純粋に知りたい。

僕は窓際に立ってカーテンを引き開け、夜空を見上げた。雨こそ降っていないが、一面に雲が広がっていて、今夜はモナーク7の出番はなさそうだった。星の見えない夜は、なにか物足りない。

第二章　TRY

次の作戦はこうだ。

理由はわからないが、朱鷺丘《ときおか》先輩は完全下校時刻ぎりぎりまで学校に残っている。ならば、下校を促すチャイムが鳴ってから下駄箱《げたばこ》付近で待機していれば、確実に会える。なにもトイレ前の廊下で張り付いている必要はない。

滝沢《たきざわ》先輩の情報によれば、朱鷺丘先輩も電車通学で、学校前のバス停からJR駅に向かう路線バスに乗る。ということは、校舎を出てから校門までの約百メートルが勝負だ。その距離を並んで歩きながら、M33ETIに関する僕の意見をプレゼンし、朱鷺丘先輩にも興味を持ってもらう。

時間にしてせいぜい二分間。朱鷺丘先輩の貴重な時間をそれ以上奪うわけにはいかない。それに長く話せばいいというものでもない。簡潔かつ論理的な話には耳を傾けるが、長ったらしく無駄の多い話は無視するという朱鷺丘先輩だ。この二分間にすべてを賭《か》ける。それまでは、自習室で、大量にある課題をこなしながら過ごす。

戦略は、正しかった。

しかし、相手はディラックだった。

放課後の自習室は、前に来たときよりも人が多かった。あ、そうか、学年末テストが近いんだ。と他人事《ひとごと》のように気づいた瞬間、僕の足が止まった。

自習室のいちばん奥の席。

人目を避けるように座っている背の高い男子生徒は、まぎれもなく、ディラックこと朱鷺丘昴《すばる》その人だった。厚い本を開いたまま大理石像のように動かない。なんでここにいるんだ。トイレのブースに籠《こ》もっているんじゃないのか。混乱する僕には目もくれず、朱鷺丘先輩はゆっくりとページをめくる。

とりあえず僕は、空いている机に着き、課題を広げた。予想外の展開に戸惑ったが、作戦を変更する必要はない。かえって都合がいいくらいだ。でも、なぜだろう。やはりトイレのブースは長時間の読書には不向きなのだろうか。いや待てよ。もしかしたら、とその可能性に思い至った。

先生に声をかけられた図書室にもどらなかった朱鷺丘先輩が、僕が声をかけた自習室にはもどってきた。ということは、ある意味、僕は受け入れられたと考えていいのではないか。先生に声をかけられるのは二度と御免だが、芦川翔《あしかわしょう》という後輩ならばオーケーだと。僕の話がわずかでも朱鷺丘先輩の心に響いたとすれば——。

いやいやいや、と首を振る。なに勝手に想像を逞《たくま》しくしてるんだ。こういうのを希望的観測というのだ。よけいなことを考えず、予定どおりに作戦を進めよう。うん、それがいい。

完全下校時刻五分前のチャイムと同時に、僕は自習室を出て下駄箱に下りた。靴を履き替えて待つこと数分。学校に残っていた生徒があらかた下校したころ、朱鷺丘先輩が階段を下りてきた。読書をしていないときの朱鷺丘先輩は、見かけによらず動作が速い。せかせかとして落ち着きがないようにも見えるが、顔がほとんど無表情なので、機械で動いているみたいだ。下駄箱で靴を履き替えるときも、タイムでも競っているように動きに無駄がない。校舎を出るとさらに歩みが加速する。この速さも想定外だった。これでは校門まで二分もかからない。持ち時間は一分間だ。僕は早足で追いついた。

「朱鷺丘先輩、失礼します。芦川翔です」

驚いたことに、朱鷺丘先輩が歩きながら僕をちらと見て、小さくうなずいた。予想を大きく上回る好反応に、胸の奥がぎゅんと熱くなる。

「少しだけ話を聞いてください」

これ以上の前置きは無用だ。そういうのを朱鷺丘先輩はもっとも嫌う（滝沢先輩からの情報。信頼度A）。

「M33ETIのことです。僕は、今回の発見の最大の意義は、人類が初めて、自分たちを外から見る目を得たことだと思います。人間とはなにか。人類とはなにか。そういうことを、宇宙スケールで考えることができるようになったということです。いまも世界中で、人間同士が憎しみ合い、敵味方に分かれて争っています。でも、M33ETIの存在を視野に入れた瞬間、僕ら地球にいる人間はみな同じ星に生きる仲間になるんです。こんな小さな星で争っている場合じゃなくなるんです」

昨夜《ゆうべ》、必死に練習した言葉だ。青臭すぎる、と自分でも思ったが、それがどうした。これがいまの僕の考えなんだ。他人の言葉を借りて背伸びをするくらいなら、自分自身の精一杯の言葉でぶつかってやる。

朱鷺丘先輩がとつぜん足を止めた。

夜空に目を眇《すが》め、ぼそりと呟《つぶや》く。

「なぜM33なんだ」

「え」

僕も空を見上げる。朱鷺丘先輩から二言目を引き出せたことよりも、先輩の言葉そのものが僕の思考に鋭く食い込んでいた。

なぜM33なのか。

地球を照らす太陽は、天の川銀河の渦を作る、二千億もの恒星の一つだ。つまり僕らは、天の川銀河の中にいる。いま頭上に瞬いている星は、すべて天の川銀河の星だ。僕らは、天の川銀河の中から、天の川銀河の星を見ていることになる。

天の川銀河のすぐ隣（といっても二百五十万光年も離れてるけど。ちなみに天の川銀河の直径が十万光年ね）にあるＭ31アンドロメダ銀河は、天の川銀河よりもはるかに大きく、一兆個の恒星を有するとされているが、夜空では観測条件のいいときにうっすらと確認できる程度でしかない。三百万光年先のＭ33銀河に至っては、天の川銀河よりも小さく、光がうすくて肉眼ではほとんど見えない。

しかし、史上初めて地球外知的生命が確認されたのは、天の川銀河の中ではなく、アンドロメダ銀河でもなく、遠くて小さいそのＭ33だった。

なぜ、なのか。

地球外知的生命探査の歴史は、くじら座タウ星（地球から約十一光年）、エリダヌス座イプシロン星（同じく約十光年）をターゲットとしたオズマ計画に始まるとされている。以来、六十年にわたり、無数の天体が調査されてきたが、ターゲットとなったのは、ほとんどが天の川銀河の星だ。

調査対象となった星には、地球に似た惑星を持つものも多数あった。その惑星に知的生命が誕生していて、電波を使うレベルの文明を築いていれば、宇宙空間に漏れ出た電波を地球でも検出できる。電波を使い始めて百年ちょっとしか経っていない人類だって、最新の設備を使えば、天の川銀河の中なら隅々まで電波を届かせることが可能なのだから。

なのに、天の川銀河のどこからも、それらしい電波は届いていない。天の川銀河には地球外文明が百万くらい存在すると主張した学者もいるが、それにしては、僕らの銀河は静かすぎる。

なぜ、なのか。

「だれも、いないんだ」

導き出された結論に、ぞっとした。

地球人類以外に、電波を使うほどの文明を築いた知的生命は、この天の川銀河には存在しない。つまり、二千億もの恒星を含む、この広大な銀河に、電波を使って宇宙の原理を探ろうとしているのは、僕たち地球人類だけなのだ。ほかには、だれも、いない。

これは、恐ろしいことではないのか。もし人類が滅んでしまったら、この宇宙が加速しながら膨張していることを認識し、その過去と未来を想像できる唯一の存在が、天の川銀河から消えてしまう。そうなる前に、人類が発見し、成し遂げたことを、宇宙のどこかにいるかもしれない知的生命に伝えたい。残しておきたい。自分たちがこの宇宙に生まれ、存在した証《あかし》として。

このとき僕はたしかに、M33ETIの姿を幻視したように感じた。いまも降り注いでいるこの電波は、彼らの遺言ではないのか。彼らはすでに滅び去り、AIのようなものが信号を送り続けているのではないのか。彼らの生きた証をだれかに届けるために。

そして、三百万光年の時空を超えて今、僕らがそれを受け取っているのだとしたら……。

「あれ？」

空から目をもどすと、朱鷺丘先輩の姿がない。校門を出たところにあるバス停からは、いままさにJR駅行きの路線バスが発車しようとしている。光に満たされたその車内に、吊革《つりかわ》につかまる朱鷺丘先輩の後ろ姿があった。

「うわ、マジかー」

僕は思わず笑った。置いてけぼりにされたのに、気分は爽快《そうかい》でさえあった。

やっぱり、朱鷺丘昴はこうでなきゃ。


「芦川くん、それは凄《すご》いことだよ」

滝沢修太郎《しゅうたろう》先輩がいつになく真剣な面もちでいった。

「わずか三回目で、あのディラックからそこまで反応を引き出すなんて」

僕は昼休みを使って、高校部二年十二組の教室がある三階まで上がり、前日の一部始終を滝沢先輩に報告した。高校部の教室に入るのは勇気がいるし、滝沢先輩もその辺りのことは心得てくれているらしく、廊下での立ち話だ。

「もらったのはその一言だけだったんですけど、思考のツボを押されたというか、そこから自分の中で考えが勝手に展開していくような感覚があって。新鮮な体験でした」

「で、そうやって考えに耽《ふけ》る芦川くんを残して、自分だけさっさとバスに乗ったのか。ディラックらしい」

「僕も、これでこそ朱鷺丘先輩だと思いました」

滝沢先輩が、あはは、と笑う。

「芦川くんも、ディラックとの付き合い方がわかってきたね」

「はい!」

廊下に面した窓からは、高校部二年十二組の教室がよく見える。

朱鷺丘先輩は、外に向いた窓際の、いちばん後ろの席に座っていた。机の上には、昼食なのだろう、カロリーメイトのゼリータイプが一つ。朱鷺丘先輩はそれにもまだ手を付けず、ひたすら本を読んでいる。

意外だったのは、そんな朱鷺丘先輩がクラスで浮いているとか、疎まれているとか、無視されているとか、そういう雰囲気はまったくなく、教室の光景にちゃんと溶け込んでいることだ。むしろ、クラスメイトの人たちも読書の邪魔をしないように気を遣っているところがある。朱鷺丘先輩、なんだかんだ愛されているんじゃないか。そう思うと僕まで嬉《うれ》しくなってきた。

滝沢先輩もさっきから黙ったまま、僕と同じように教室の中を見ている。でもその眼《ま》差《な》《ざ》しには、それまで滝沢先輩に感じたことのないものが浮かんでいて、僕は少しどきりとした。

「ねえ、芦川くん。一つお願いがあるんだけど」

そういって僕に顔を向けた人は、いつもの明るい滝沢先輩にもどっている。

この日も当然ながら、放課後は自習室に直行した。早く着いたせいか、朱鷺丘先輩はまだ来ていなかった。でもあわてることはない。完全下校時刻前に下駄箱で待っていさえすれば会えるのだから。昨日の様子を見ても、もう僕を避けることはないはず。

とはいうものの、相手はディラックだ。思いも寄らない行動をとるかもしれない。そして、それを心のどこかで期待している自分もいる。

昨日と同じ机で課題を広げていると、待ち人来る、朱鷺丘昴の登場だ。もちろん僕には目もくれない。もはや専用席と化したいちばん奥の机に着き、昼休みにも読んでいた本を取り出す。どんな本を読んでいるのだろうと目を凝らしたが、タイトルは読みとれなかった。

このあと朱鷺丘先輩に話すことは決めてある。昨日朱鷺丘先輩がふと漏らした疑問〈なぜM33なのか〉に対する僕なりの答えだ。昨夜、一分間できっちり伝えられるよう内容を整理し、なんども練習した。

朱鷺丘先輩は言葉を返してくれるだろうか。一言でもコメントをもらえたら、またそこから新たな考えを発展させられるかもしれない。自分でも予想しなかった光景にたどり着けるかもしれない。そんな予感を僕は、楽しい、と感じる。そう、楽しいんだ。この上なく。

下校を促すチャイムが鳴ると同時に僕は自習室を出た。下駄箱で靴を履き替えて外で待っていると、滝沢先輩がやってきて僕の隣に立った。滝沢先輩は図書室で勉強していたのだ。広報委員として最後の仕事となった〈明志《めいし》〉三月号は、来週にも全校生徒に配布されるそうだ。

　ほどなく朱鷺丘先輩も扇状の大階段を下りてきた。昨日と同じようにすべての動作が素早い。しかしその動きも校舎を出たところで急停止した。

　さすがの朱鷺丘先輩も、これは何事かと訝《いぶか》ったのかもしれない。最近自分に付きまとっている後輩（つまり僕）と、クラスメイトであるイケメン男子（滝沢先輩）が、並んでにやにやしているのだから。

　でも、僕らに目を留めたのはほんの一秒くらい。実害はないと判断したのか、すぐに動きを再開し、校門に向かって歩き出す。僕と滝沢先輩は、左右から挟むようにして、朱鷺丘先輩に追いついた。僕は右側だ。

「朱鷺丘先輩、失礼します。芦川です。昨日、先輩がいわれた、なぜM33なのか、という疑問に対しての、僕の考えはこうです」

　遠く離れたM33銀河で確認された地球外知的生命が、もっとも身近であるはずの天の川銀河では未《いま》だに一つも見つかっていない。これは、天の川銀河には電波を使うレベルの知的生命が地球人類以外に存在しないことを示している。仮に存在するのなら、M33ETIのはるか以前に発見されていなければおかしいからだ。そもそも知的生命は、宇宙ではきわめて稀《まれ》で孤独な存在ではないのか。互いにコンタクトをとること自体、不可能に近いのではないか。

「僕は、あの四十七分四十九秒の信号は、M33ETIの遺言である可能性があると思います」

彼らは、自分たちの文明が消滅することを悟り、自分たちの存在した証を、宇宙のどこかにいるであろう知的生命に向けて伝えようとしたのではないか。それをいま、人類が受け取っているのだとしたら、これはもう宇宙史上の奇跡といってもいい。僕らはその奇跡の直中《ただなか》にいるのだ。

「これが、現時点での、僕の考えです」

いうべきことをいい切ったとき、校門は目前だった。JR駅方面のバス停は、ここを出てそのまま横断歩道を渡ったところにある。

「朱鷺丘先輩は、M33ETIの発見について、それに対する僕の考えについて、どう思いますか。よかったら、先輩の意見を聞かせてください」

しかし、やはり朱鷺丘昴は手強《てごわ》かった。

首を小さく横に振っただけで、横断歩道を渡りはじめたのだ。

一言も返すことなく。

僕は、横断歩道の手前で立ち止まり、朱鷺丘先輩の背中を見送るしかない。いま鏡を見たら、僕の顔は情けなく歪《ゆが》んでいることだろう。あれほど入念に準備をしてきたのに、自分なりに手応《てごた》えも感じていたのに、朱鷺丘先輩にはまったく届かなかったのだ。

「どうする」

隣に立つ滝沢先輩がいった。

「最後の質問、あれはハードルが高かったね」

僕にもわかっていた。あんな聞き方では、朱鷺丘先輩に答えてもらえそうにないことくらい。でも、僕は知りたかったのだ。朱鷺丘先輩がM33ETIをどう考えているのか。僕の意見をどう感じたのか。

「気にしないほうがいいよ。ディラックはあれが平常運転。昨日の反応が特別だったんだ」

「……僕の考えが拙《つたな》すぎて、朱鷺丘先輩は退屈したんです。きっと、そうです」

「慰めにならないかもしれないけど、俺はちょっと感動したよ。三百万光年の時空を超えて届いた遺言なんて、背筋が伸びる思いがした」

「勉強して出直します」

僕は駅に向かって足を踏み出す。

冷たい風が顔に吹きつけてくる。

そのときだった。

「君の仮説には欠陥がある」

大きな声が聞こえ、僕は振り向いた。

いったん渡った横断歩道をもどってきたのだろう。大股《おおまた》でつかつかと歩み寄ってきて、僕の前に立つ。

「天の川銀河の中にいる我々は、天の川銀河の星に囲まれている。そのすべてを観測するには、全天の隅々にまでアンテナを向ける必要がある。しかし、たとえばアレシボ天文台（プエルトリコのアレシボにある世界有数の電波天文台）の観測空域面積は約一平方度（一度×一度の範囲）しかない。実際のアレシボはその構造上、全天の四分の一しか観測できないが、仮にこれで全天を観測できるとしても、全天の観測を完了するには、四万回以上、アンテナの方向を変えなければならない。一方、M33さんかく座銀河の視直径は七十三×四十五分角で、単純計算すれば一平方度に満たない。アレシボ天文台なら一回の観測でほぼカバーできる。つまり、天の川銀河の四万回に対して、M33さんかく座銀河はたった一回の観測で済む。電波の強度を考えなければ、という条件が付くが、距離が近いから天の川銀河のほうが発見しやすいとは、必ずしもいえない。天の川銀河で地球外知的生命が確認されていないのは、探査がまだ不十分であるために過ぎないと考えることもできる。ただ、今回の信号が遺言かどうかはともかく、AIによる自動送信である可能性はある。信号は断絶することなく一定の強さを保っている。この信号を発する本体は、自転や公転する天体上に設置されているのではなく、宇宙空間に建造されて常に天の川銀河に照準を合わせていると考えたほうが無理がない」

朱鷺丘先輩は、それだけいうと、もう用は済んだとばかり背を向ける。

しかしまさにそのとき、バス停に到着していたJR駅行きの路線バスが乗客を乗せ終わり、右の方向指示器を点滅させて発車したのだった。

「あ」

去りゆく路線バスを目で追う朱鷺丘先輩の顔に、僕は初めて感情の片鱗《へんりん》らしきものを見た。それを増幅して日本語に変換すれば「マジかよ」である。

無言で立ち尽くす朱鷺丘先輩の肩を、滝沢先輩がぽんと叩《たた》く。

「ディラックも俺たちといっしょに歩くか。駅まで」

そういうわけでこの日、僕と、滝沢先輩、そして朱鷺丘先輩は、初めて三人そろって駅まで歩いた。

僕にとって宝石のような時間が始まったのだ。

*

その報に接したとき、圧倒的な確信が私を貫き、世界を覆っていた霧が溶けた。長い間、私を苛《さいな》んできた謎が、ついに解き明かされたのだ。

幼少のころより聞こえていた声。不可解な言語でなにかを伝えようとしていた声。それは、三百万光年彼方《かなた》の宇宙から発せられていたメッセージだった。

その電波が初めて検出されたのは三年前とのことだが、それ以前から届いていた可能性が高いという。M33さんかく座銀河は何度も観測対象になってきたものの、観測する電波の周波数が適合していなかったために捕捉《ほそく》できなかったのだ。

では、なぜ私だけに、それが声として聞こえるのか。ほかの人たちには聞こえないのか。

思いつくかぎりの理由について、自分なりに検討してみたが、私の置かれている状況を説明できるものは、やはり一つしかない。

私は選ばれたのだ。

全人類の中から。

三百万光年彼方に住む彼らによって。

第三章　ＴＨＥＹ

学年末テストも無事に、いや僕的にはあまり無事でもないんだけど、とりあえず終わった。高校部三年生の卒業式も済み、朱鷺《とき》丘《おか》、滝沢《たきざわ》の両先輩たちが明志《めいし》館《かん》学園の最上級生だ。いよいよ大学受験の年になるのに、自習室での朱鷺丘先輩は相変わらず分厚い本ばかり読んでいて、僕のほうが心配になる。

一方の滝沢先輩はいまも、塾のある日以外は、図書室で勉強してから学校を出る。

そして僕ら三人は、完全下校時刻である午後七時に下駄箱《げたばこ》辺りで合流し、天気の悪い日はさすがにバスを使うが、そうでなければ、夜空の下を最寄りのＪＲ駅まで歩く。

あの日以来、なぜか朱鷺丘先輩も、それが当然であるかのように、僕の隣を歩いている。そして三人の話題といえば、ほとんどがＭ33ＥＴＩだ。これはたぶん、滝沢先輩が僕に気を遣ってくれているんじゃないかと思う。

「そもそもさ」

滝沢先輩のこの言葉が、たいてい議論開始の合図になったからだ。

きょうもそうだ。

「M33の宇宙人は、俺たち人類がここで文明を築いていることを知ってるの？　つまり、ちゃんと電波を受信してくれると期待して信号を送ってきたの？」

「あり得ません」

これには即答できた。

「いま地球に来ている電波が送信されたのは三百万年前。文明どころか、人類はまだ石器時代が始まったばかりです」

そこに朱鷺丘先輩の指摘が刺さる。

「六百万年」

え、と顔を向けた瞬間、自分の単純な見落としに気づいた。

「あ、そうか。そうでした。うっかりしてた」

「え、どういうこと」

「こっちの光が向こうに届くのにも三百万年かかるんです。三百万年前の彼らに見えていたのは、そのさらに三百万年前、つまり六百万年前の地球の姿なんです」

「六百万年前の人類は？」

「えっと、それは……」

僕が言葉に詰まると、またしても朱鷺丘先輩が助け船を出してくれた。

「チンパンジーと枝分かれしたころ」

「です！」

滝沢先輩が目を細めて微笑んだ。

「君ら、ほんとにいいコンビだな」

ディラックは変わった。滝沢先輩がそういったことがある。こんなに饒舌《じょうぜつ》な朱鷺丘は見たことがないと。

「ねえ、もういっこ〈そもそも質問〉していい？」

「なんですか〈そもそも質問〉って」

僕の口から自然と笑いが漏れた。

「人類がまだ人類じゃなかったのはわかったけど、そもそも、あっちから地球は見えてたの？　ていうか、こういう惑星があることを知ってた？」

滝沢先輩が繰り出す疑問も、なかなか興味深いところを突いてくる。

「その判断は難しいです。いまの人類の科学水準では絶対不可能です。でも、M33ETIは想像を絶する高度な文明を築いていたと考えられます。そんな文明なら、あるいは……」

そっと朱鷺丘先輩の様子をうかがうと、目を前に向けたまま、小さくうなずいていた。

僕は安心して言葉を続ける。

「電波を使うことが知的生命の条件なら、人類が知的生命になったのは、ほんの百年ちょっと前です。この百年余りの間になんども大発見があり、人類の持つ宇宙像はそのたびにひっくり返ってきました。今後もそれは続くと思います。現在、月面や宇宙空間に超高性能望遠鏡を設置する計画もあるそうですけど、これが完成すれば、天の川銀河の系外惑星の海陸分布や、もしかしたら人工建造物の有無も確認できるかもしれないといわれています。たった百年で、ここまで出来ているんです。宇宙の歴史の長さを考えれば、百年どころか、一億年や十億年繁栄した文明があったっておかしくない。そんな文明にどれほどのことが可能なのか、僕らには想像もつきません。彼らが、三百万光年離れた天の川銀河の恒星二千億個と、それぞれの周囲を公転する惑星をすべて把握していたとしても、驚くことではないと思います」

「具体的に地球の存在までは把握してなくとも、知的生命の存在にある程度の見込みを持っていた、と考えることも可能だ」

朱鷺丘先輩の時ならぬコメントに、

「どういうこと」

「どういうことですか」

滝沢先輩と僕の声が重なった。

「天の川銀河の中には、知的生命が繁栄しやすい場所と、繁栄しにくい場所がある」

朱鷺丘先輩は相変わらず、はるか前方を見つめている。一キロメートル先に読み上げるべき文書が掲げてあるかのように。

「銀河の中心部付近は超巨大ブラックホールからの大量の放射線に晒《さら》されているし、外縁部は生命に必要な元素が少ない。渦状腕のように恒星の密集した領域は、ガンマ線バーストや超新星爆発のリスクが高く、生命が誕生しても知的生命に進化する前に絶滅してしまう。地球のある太陽系は、そのいずれでもない位置を、正円に近い軌道で公転している。天の川銀河の中では、もっとも安全で理想的なロケーションの一つだ。M33ETIがそこを狙い撃ちした可能性はある」

「なるほどなぁ」

　滝沢先輩が感嘆の声を漏らした。

「こうやって、いろんな可能性をあれこれ考えるのも、面白いもんだなぁ」

「はい。面白いです」

　このとき僕の胸を満たした感情をなんといえばいいのか。大人びた言い方をすれば、これが幸福というものなのか、と思ったりもする。

「天の川銀河でも生命に適した場所はごく一部。ってことはさ、この銀河には、ほんとうに俺たちしかいないのかもな」

「一つの星に知的生命が生まれるには、文字どおり天文学的な確率の偶然と運が、数え切れないほど重なる必要があります。いま、僕らがここにいるのは、その結果なんです」

　滝沢先輩が僕を見つめる。

「奇跡、だな」

　僕は深くうなずいた。

「はい。奇跡です」

僕が宇宙に目を向けるのは、こういう気持ちを大切にしたいからだ。僕らがここに存在していることそのものが、とてつもない奇跡なのだという思いを。

一つの知的生命が絶滅するのは、一つの奇跡の終焉《しゅうえん》を意味する。自分だったら、これだけの奇跡の結果をむざむざ無にしてしまうことには耐えられない。自分たちが紡いできた夥《おびただ》しい量の情報を、それを理解できるだれかに伝えたい。残したい。そう感じると思う。だからこそ、今回の信号を、M33ETIの遺言ではないかと考えてしまうのだ。

でも、彼らの目的はほんとうにそれなのか、となると、僕にはまったく自信がない。だって、すぐ隣にいる朱鷺丘先輩がなにを考えているかもわからないのに、三百万光年先の宇宙人の考えなんてわかるわけないじゃないか。

「うん？　どうしたの」

黙り込んでいた僕に、滝沢先輩が声をかけてくれた。

「なんでもないです」

僕は顔を上げて笑みを作った。

「とにかく、信号の解読ですよね。いまは、それを待ちたいです」

＊

私は彼らによって選ばれた。そこに疑いの余地はない。問題は、なぜ私が選ばれたのか、であり、さらに重要なのは、彼らが私になにを伝えようとしているのか、なにをさせようとしているのか、だった。

もとより、このことをだれかに相談するわけにはいかない。意味不明の声が聞こえると告げたときでさえ奇異の目で見られたのに、それがM33銀河に住む宇宙人からのメッセージであり、自分が特別に選ばれた証拠であるとうっかり口にしようものなら、間違いなく正気を疑われる。そのくらいの分別は私にもあった。

しかし、彼らに選ばれたのが自分一人だと考えるほど、私は傲慢《ごうまん》でもない。同じく選ばれた人が、この地上のどこかにいるはずだった。その人たちを探さなくてはならない。

そして私がこう感じること自体、彼らの意志ではないか、と気づいた。彼らは、あの声を通して、為《な》すべきことを教えているのだ。

仲間を探せと。

*

火曜日は僕にとって特別な日だ。

以前は週末だけだった滝沢先輩の塾通いが、三月からは新たに火曜日にも入った。模試の成績に危機感を覚えた両親の意向で、半ば強制的にそうなったらしい。とはいえ、仮にも明志館のトップクラスに在籍しているのだから、危機感を覚えるレベルが僕とは違う。

ともかく、火曜日の滝沢先輩は授業が終わったら速攻で塾に向かう。つまり火曜日だけは、学校から駅までの道のりを、朱鷺丘先輩と二人で過ごすことになったのだ。

三人でいるときは、滝沢先輩が話の口火を切ったり、思わぬ角度から疑問点を突いたりして、会話を盛り上げてくれた。朱鷺丘先輩が自分から話すようになったのも、滝沢先輩の勢いに乗せられたところが大きいと思う。でもこれから火曜日だけは、滝沢先輩に頼れない。

だから僕は、月曜日の夜はとくに念を入れて勉強する。当たり前だが学校の勉強じゃない。朱鷺丘先輩に話す内容について、知識を補強し、簡潔かつ論理的に整理しておくのだ。

そして今回のテーマだが、前から朱鷺丘先輩と語り合いたいと思っていたものを、満を持して取り上げることにした。

「朱鷺丘先輩、失礼します。芦川《あしかわ》です」

完全下校時刻である午後七時。

いつものように朱鷺丘先輩が校舎を出てきたところで声をかける。朱鷺丘先輩の反応もいつもと同じ。僕をちらと見てうなずくだけ。僕は隣にすっと近づいて歩調を合わせる。フォーメーションも板に付いてきた。

「きょうは、天の川銀河に地球外知的生命は存在するか、という問題についてです」

原始的な生命ならば、太陽系内の火星、木星の衛星エウロパ、土星の衛星エンケラドゥスやタイタンでも見つかるかもしれない。しかし、電波で交信できる知的生命はいない。そのような知的生命は、少なくともM33銀河にいることは確認できたが、天の川銀河内のもっと近い場所にはいないのか。たとえば数十光年くらいの距離ならば、交信することも可能だ。はじめましての挨拶《あいさつ》を交わすだけで一世代かかるかもしれないけど。

「これまでの地球外知的生命探査（SETI、Search for ETI）は、彼らからの信号を捕捉することがメインでした」

でも、それが成功するには、こちらのアンテナが向いている空域から、こちらが観測している時間に、こちらが観測対象にしている周波数の電波がどんぴしゃりで到達するという、恐ろしく確率の低い偶然と運に頼らなければならない。せっかく彼らが信号を送ってくれても、観測時間とずれたり、周波数が違ったりしていたら、あっさり見逃してしまうのだ。

あるSETI専門家はこの行為を「海の魚を探すのにコップで海水をすくうようなもの」と表現した。しかし彼女はこうも付け加えている。「コップに魚が入る確率は低いが、だからといって海に魚が満ちあふれていないことにはならない」と。

「M33ETIの存在が確認できたのは、彼らの信号が延々と続いているからです。もし数分間しか発信されていなかったら、それを捕捉できた可能性はゼロに等しかったはずです」

だから今後のSETIは、彼らの信号を待つのではなく、彼らが築いた高度な文明の痕跡《こんせき》を探すという動きにシフトしていく。そのような痕跡をテクノシグネチャーという。たとえば、彼らの使っている電波が宇宙に漏れ出ていれば、それを捕捉することで科学文明の存在を推測できる。

そして実際に、テクノシグネチャーを疑わせる事例があった。それが、きょうのメインテーマ。

「KIC8462852。通称〈タビーの星〉です」

恒星物理学者タベサ・ボヤジャン率いるチームが、はくちょう座領域にあるこの恒星を見舞う奇妙な現象に注目したのは、二〇一〇年のことだった。星の明るさに異様な変化が認められたのだ。

恒星の明るさが変わる現象そのものは珍しくない。たとえば、星の前を惑星が横切れば、惑星の大きさの分だけ光が遮られて暗くなる。この現象を利用して、数多くの系外惑星が発見されてきた。

しかし、惑星の通過による減光ならば、周期的に起こり、減光の割合もせいぜい一パーセントほどで一定している。球状のものが横切るのだから、減光とそれに続く増光のパターンも対称的になるはずだ。

ところが、地球から一千光年離れた〈タビーの星〉は、減光の発生は不規則で、その割合も大きいときで二十パーセントにも達し、減光と増光のパターンも対称的にはほど遠く、惑星の通過ではまったく説明できなかった。

　この謎に多くの研究者が挑み、さまざまな説が提示されたが、どれにも欠点があった。そんなとき、一つの仮説が注目を浴びた。それが部分的ダイソン球説だ。

「知的生命によって恒星の周囲に建造された、巨大な構造物による減光ではないのか。そういう構造物がいくつも恒星を周回しているのであれば、この星の奇妙な現象も説明できます」

　恒星の周囲に建造された巨大構造物は〈部分的ダイソン球〉と呼ばれる。建造目的の一つは、恒星から放出されるエネルギーを最大限に利用することだ。もし、タビーの星の減光現象が部分的ダイソン球によるものなら、そこに高度な文明が存在する証拠になる。天の川銀河にもＥＴＩが確認できたことになる。

　そして人類も遠い未来、太陽の周囲にそういう構造物群を建造して、太陽エネルギーを大量に利用できるようになるかもしれない。

　予定していた内容を話し終えると、僕はほっと息を吐いた。自分なりに準備したつもりでも、やはり緊張はする。そう。いまでも僕は朱鷺丘先輩と話すときに緊張するのだ。でもその緊張感は、けっして嫌なものではない。

　僕は歩きながら、朱鷺丘先輩の言葉を待つ。初めのころと違い、最近はなにかしら反応をくれる。といっても、拍手喝采《かっさい》などは間違っても期待できない。たいていは、僕の考えの至らないところを指摘してくる。

きょうもそうだったのだが、今回の僕の至らなさときたら絶望的だった。

「タビーの星部分的ダイソン球説は、その後、当のボヤジャンらのチームによって否定的な見解が出されている」

「え……」

顔面が熱くなった。

朱鷺丘先輩が前を見つめたまま続ける。

「巨大構造物で光が遮られているのなら、光のすべての波長で一様に減少が認められるはずだが、詳細な観測の結果、波長によって減少割合にばらつきがあることが判明した。これで減光現象そのものが解明されたわけではないし、部分的ダイソン球説が完全に否定されたわけでもないが、巨大構造物で説明するにはかなり不利な証拠だ」

「僕の情報が……古かったんですね」

そういう論文が発表されているのなら、ネットで検索すればすぐに引っかかったはず。なのに、僕はそれをしなかった。タビーの星の減光現象が巨大構造物によるものであればいいと、僕は思っていた。天の川銀河にも知的生命がいてほしい。地球人類のほかにも、だれかがいてほしい。その思いが強すぎて、反証を徹底的に調べるという科学の基礎を疎《おろそ》かにしてしまったのだ。

恥ずかしい。

とくに朱鷺丘先輩の前では。

「……先輩は、天の川銀河にETIがいると思いますか」

「わからない」

朱鷺丘先輩は、希望的観測に惑わされる人じゃない。現段階でもっとも科学的に誠実な答えが「わからない」なのだ。だって、ほんとうにわからないのだから。

「しかし宇宙には、人類が驚くようななにかが、まだ無数にある。それだけは間違いない」

僕は顔を上げた。

「はい」

朱鷺丘先輩が急に足を止めて空を見上げた。と思ったら、スマホを取り出してなにやら調べはじめる。画面を指で操作しながら、

「柏井《かしわい》くん」

「あ、えっと……芦川です」

「芦川くん」

そういえば、朱鷺丘先輩から名前を呼んでもらうのは初めてだ。

「君はまだM33を見たことがないのか」

滝沢先輩から聞いたのだろう。

「はい。アンドロメダはかろうじて見えたんですけど」

僕は愛機モナーク7のことを話した。

「M33は、なかなか難しいです。場所もよくないんだと思います」

M33のあるさんかく座は、本来は秋の星座だ。日本で観測できるのは三月までで、この時期を過ぎると、空が暗くなる前に地平線の向こうに沈んでしまう。今シーズンもすでに終わりつつあり、僕も自宅からの観測はほとんど諦《あきら》めていた。

朱鷺丘先輩が指の動きを止め、スマホに落としていた目を僕に移す。

「見たいか」


初めて降りる駅だった。

特急や急行は停まらず、利用する人も多くはなさそうだ。駅前にも物寂《ものさみ》しげな気配が広がっていたが、それでもコンビニだけはあり、自転車や乗用車が何台か停まっていた。

駅を出た僕と朱鷺丘先輩は、狭い歩道を並んで歩いた。片側一車線の車道とはガードレールで隔てられているが、街灯の光が弱く、路面の様子がわかりづらい。交通量も多くない。

足下はよく見えないが、そのぶん、頭上の星は強く輝いていた。駅から遠ざかるにつれて、街灯や町明かりが少なくなり、濃紺だった空の色が、漆黒に近づいてくる。僕の家の周辺ではまず見られない色だ。

ところどころに森も残っているらしい。神社か寺のような建物の屋根が、夜空に陰を作っている。ゆるやかな坂道を上った先の、ひっそりと建つ二階建ての家の前で、朱鷺丘先輩が足を止めた。

　その家を照らすのは、少し離れたところにある弱々しい街灯一本だけで、家の窓は黒く沈んでいた。朱鷺丘先輩が古びた門扉をくぐり、弧を描くアプローチを通って、大きな玄関ドアの錠を開ける。二階の一部が張り出していて、それが玄関の庇《ひさし》の役割を果たしている。朱鷺丘先輩に続いて、僕も家の中に入った。室内の照明が点《とも》った。

　玄関は広く、造りも立派だったが、殺風景というか、装飾の類《たぐい》がなにも見当たらなかった。内装も少し古い感じがする。朱鷺丘先輩はスリッパに履き替えて、さっさと階段を上がっていく。僕も勝手にスリッパを出して続いた。

　二階のその部屋は、十畳くらいの広さだった。中央に作業台のようなテーブル。壁際には洗面台。右奥の壁に小さな階段が設《しつら》えてあり、頑丈そうな扉に繋《つな》がっている。朱鷺丘先輩は、通学鞄《かばん》をテーブルの上に置いて、その扉を押し開けた。

　扉の向こうは、天井の低い部屋だった。部屋というより、屋根裏の物置という感じだが、なにも置かれておらず、がらんとしている。床は樹脂のような素材で出来ており、隅に排水口らしきものがある。壁には明かり取りの窓が二つ。天井には太い角材のような形状のものが、並行していくつも走っていた。

　低い天井の端に、人が一人通れるくらいの四角い口が開いており、梯子《はしご》が下りている。朱鷺丘先輩が壁のスイッチを押すと、梯子の上からオレンジ色の光が漏れてきた。

朱鷺丘先輩に続いて、僕も梯子を上り、オレンジ色の光の中に身を浸す。

そこは、直径二メートル半くらいの、円形の空間だった。天井もドーム状だ。オレンジ色の光は間接照明で、光源が目に入らないようになっている。そしてそのすべては、部屋の中央に設置された、太い鏡筒も誇らしげな天体望遠鏡のためのものだった。

朱鷺丘先輩が望遠鏡の電源を入れ、慣れた手つきで調整作業を進める。僕は邪魔にならないように、息を詰めて見守る。微《かす》かなモーター駆動音がして、望遠鏡がゆっくりと動きはじめた。同時に、天井のドームも回転しながら、天頂部から側面にかけてが左右に割れる。割れた隙間から広がる空に、望遠鏡が狙いを定めると、すべてがぴたりと静止した。

朱鷺丘先輩が、望遠鏡の接眼レンズに目を添える。数秒間、その姿勢を保ったあと、レンズから目を離し、僕にうなずく。

おそらく朱鷺丘先輩は、学校を出て僕と歩いているときに、空に雲がないことに気づき、スマホで天気や大気中の微粒子濃度を調べたのだ。そして、今夜は天体観測にまたとない好条件がそろうことを知ると、僕をここに誘ってくれた。これが今シーズン最後のチャンスになるだろうことも、わかっているに違いない。

僕は、さっきまで朱鷺丘先輩がいた位置に進んだ。接眼レンズをそっと覗《のぞ》く。

視野の中央に、白い点が鈍く光っていた。その光の点を、もやっとした薄い膜のようなものが包んでいる。一見すると、星の光が滲《にじ》んでいるだけのようだ。

真ん中の光に意識が引っ張られると、全体像が見えなくなる。僕は、中央を凝視するのではなく、少し引いた感じで、視野全体を捉《とら》えるようにした。

あとは目が慣れてくるのを待つ。

自分の心臓の音が耳元に響く。

いつもなら夕食をとっている時間だったが、空腹はまったく感じない。

そして、魔法の瞬間が来た。

もやっとした光の滲みに過ぎなかったものから、見慣れた形状の輪郭が浮かび上がってきたのだ。

渦巻き状の腕。

まったく同じ形。

僕がスマホのロック画面に設定している画像と、まったく同じ形だ。

「……凄《すご》い」

あの、油断すると消えてしまいそうな儚《はかな》い光の中に、間違いなく、いたのだ。いや、いまだって、いるかもしれない。おそらく、会うことも、話すことも、永遠にない。でも、同じ宇宙に生まれ、同じ宇宙を認識する生命が、あの中に……。

涙があふれそうになり、あわてて目をレンズから離して拭《ぬぐ》った。

朱鷺丘先輩を振り返ると、満足そうな笑みを、口元に浮かべている。

＊

私は、彼らによって選ばれた仲間を見つけるために、SNSを中心にネットを検索してみた。一時期ほどの熱狂は去ったとはいえ、M33銀河の宇宙人は依然として注目のトピックだ。むしろ、世間がやや落ち着いた今だからこそ、ほんとうに大切なことが語られるのではないか、との期待もあった。

私の認識が甘かった。

彼らの声が聞こえると主張する人たちの数は、私の予想をはるかに超えていた。しかも、そのほとんどが、自分には彼らの言葉が理解できる、信号を解読できる、と自信たっぷりに明言している。では肝心のその内容は、というと、どこかで読んだような、聞いたような、陳腐で安っぽいものばかりで、およそ信用できる代物ではなかった。

このノイズの砂漠から本物を探し出すのは困難かと思われた矢先、私は一つの投稿動画に行き着いた。〈レセプターアルファ〉と名乗るその人物は、歌舞伎の隈取《くまど》りを模したような仮面をかぶっているが、佇《たたず》まいや声の調子から二十歳くらいの男の人らしかった。黒い長袖《ながそで》Tシャツの張り付いた上半身は華奢《きゃしゃ》で子供っぽいくらいだが、肩の骨格には男性的な特徴が十分に表れている。

動画の中の彼は、艶《つや》のある褐色のテーブルに着いて背筋を伸ばし、仮面で隠した顔をまっすぐこちらに向けていた。両手はテーブルの下、おそらく膝《ひざ》に置いているのだろう。背景は淡黄色とベージュを基調とした重厚なカーテンだ。

『信じてもらえないことを承知の上でいいます。ぼくには、M33銀河に宇宙人が発見される何年も前から、ある声が聞こえていました』

彼の発する日本語は、達者な俳優が話す台詞《せりふ》のように聞き取りやすかった。

『その声がなにをいっているのかは、わかりませんでした。話される言葉が、一つも理解できなかったからです。人間の口から発せられる音には、特徴というか限界がありますが、その声は、人間が出せる音の種類や範囲を超えているようでした。しかし、それが無意味な雑音ではなく、なにかを伝えようとしている言語だということだけは、はっきりと感じました。この感覚を説明するのは難しいのですが』

私と同じだ。あの説明しがたい感覚を、この人も共有していたのか。

『いまは、それがM33銀河の住人の声だという、絶対的な確信があります。三百万光年彼方《かなた》から届いた電波信号が、ぼくには声として聞こえていたのです。なぜこんな現象が起こるのか、ぼくには説明できません。しかし、自分でも不思議なのですが、それ以外の可能性を考えられない、というより、考えることを許されない感じがするのです』

私は息をするのも忘れて彼の語りに聞き入った。

『その声は、いまも聞こえています。やはり意味はわかりません。しかし、ぼくは、どうしても、彼らの、M33銀河に住む彼らの言葉を理解したい。彼らがなにを伝えようとしているのかを知りたい。それが自分に課せられた使命でもある』

二呼吸ほど間を空けた。

『この動画をごらんになっているみなさんにお願いがあります。もし、みなさんの中に、ぼくと同じように、彼らの声が聞こえるという方がいらっしゃいましたら、どうか力を貸してください。一人では無理でも、力を合わせれば、なにかがわかるかもしれない。彼らの言葉を理解できるかもしれない。それは、M33銀河からの信号を解読することにほかなりません。ぼくらは、彼らの信号を受け取り、理解可能な情報に変換して全人類に届ける、いわば信号のレセプター（受容体）として選ばれたのだと思います。選ばれた以上は、責任を果たしたい。ぼく以外にも、レセプターとして選ばれた人たちは、たくさんいるはずです。ともに働きましょう。全人類のために。連絡を待っています』

動画の再生が終わったとき、私の心臓は激しく拍動し、かつてない高揚に全身が痺《しび》れるようだった。

見つけた。

彼は、本物だ。

第二部

第一章　VISION

日本の研究グループ、M33シグナルの解読に成功か

十七年前のちょうどいまごろ、一つのニュースが世界中の人々を興奮させた。人類史上初めて、地球外知的生命からの電波信号が確認されたのだ。約四十七分四十九秒周期で現在も繰り返されているその信号は、三百万光年彼方《かなた》のM33さんかく座銀河から発せられており、なんらかのメッセージが含まれている可能性が高いと思われたが、解読作業は困難を極めた。なにしろ人類が初めて接する地球外の言語である。どこから手を着けていいのか見当も付かないといった有様だった。この間、アメリカ、中国、インド、フランスの研究機関が、それぞれ独自に解読に成功したと発表したが、いずれも後に撤回している。しかし、今回ばかりは本物かもしれない。

宇宙生命研究機構（茨城県つくば市）は、同主任研究員、朱鷺丘昴《ときおかすばる》氏のグループが信号の解読に成功したと発表した。発表によれば、解読の鍵《かぎ》となったのは、かつてダーク

マターと呼ばれた粒子カロアンの振る舞いを記述する方程式であったという。M33銀河の地球外知的生命（以下、M33ETI）が送ってきた、いわゆるM33シグナルは、単なる言語ではなく、それをさらに暗号化したものであり、その暗号を解くにはカロアン粒子の知識が必須《ひっす》だったのだ。このようなハードルを設けてあるということは、M33ETIが、メッセージを受け取る側に高い科学および知的水準を要求していることを意味する。これまでの人類は、残念ながらそのレベルに達していなかったということだ。

解読結果はすでにM33シグナルの国際検証委員会に送られており、各国の研究者で構成されるこの委員会で真であると認定されれば、直ちに全世界に公表される。検証には半年から一年ほどかかる見込みだ。

果たしてM33ETIは、三百万年前にどのような言葉を宇宙へ向けて放ったのか。明らかになる日が近づいている。

芦川翔《あしかわしょう》（サイエンスライター）

で、その発表を受けて開かれた記者会見に、いま僕は来ているわけだけど……。

宇宙生命研究機構の事務棟最上階に設けられた会見場は、さっきから不穏な空気に包まれている。いま質問したばかりの女性記者なんか涙ぐんで睨《にら》んでるし。ていうか、ここにいる記者さんたち、朱鷺丘先輩の人物像くらい下調べしてこなかったのかな。

「では、次の質問を」

地味なスーツ姿で司会を務めるのは、宇宙生命研究機構の職員なのだろう、三十歳くらいの穏やかそうな男性だ。もちろん、朱鷺丘先輩の性格はよく知っているはずで、戸惑いを隠せないでいる記者さんたちを「ごめんねえ。朱鷺丘さんって、こういう人なんで」とでもいいたげな顔で眺めている。

その渦中の朱鷺丘先輩は、といえば、前に置かれた長テーブルの中央に一人着席し、重ねた自分の手に目を落としたまま、荒れようが炎上しようが我関せずといった体で微動もしない。

別の記者が手を挙げた。

「どうぞ」

勢いよく立ち上がったのは、体格のいい男性記者だ。

「在京新聞の竹内《たけうち》と申します。朱鷺丘主任研究員にお尋ねします。解読内容を明かせないことは重々承知しておりますが、仮に、仮にですよ、解読した結果を受けて、朱鷺丘さんがM33のエイリアンに返信するとしたら、どのような内容にしますか」

会見場に響きわたるような声で質問してから、どうだ、といわんばかりに胸を張る。

しかし朱鷺丘先輩は、質問した記者を見ようともせず、さっきと同じように、無言で首を横に一振りしただけ。

かわいそうに、質問した記者さん、顔を真っ赤にして黙り込んでいる。いまにも破裂して怒鳴り出すんじゃないかと思ったが、そのまま腰を下ろした。どうにか堪《こら》えたようだ。えらい。

それにしても、朱鷺丘先輩も相変わらず容赦がない。結婚して（！）、お子さんも生まれて（！！）、社交性もそれなりに身に付けた（！！！）と聞いてたけど、やっぱり朱鷺丘先輩は朱鷺丘先輩だ。ディラックは健在なり。

「では、次の質問を」

しんと静まったまま、だれも手を挙げない。どうすればこの変人からコメントを引き出せるのか、考えあぐねているようだ。

「どなたか、ございませんか」

僕はゆっくりと息を吐いた。

「ないようでしたら、記者会見はこれで」

よし、と気合いを入れ、天に向かって高々と腕を伸ばす。

「どうぞ」

立ち上がった。

「サイエンスレターズの芦川です」

第一声がみっともなく上擦ってしまうのではないかと不安だったが、思ったよりもちゃんと声が出た。でも朱鷺丘先輩は、僕の名を聞いても目を伏せたまま、ぴくりとも反応しない。

ちなみにサイエンスレターズというのは、僕がよく寄稿する科学専門のネットマガジンで、きょうはそこの取材という形で記者会見に来ている。こういう世間の注目を集める記者会見ともなると、フリーランスではなかなか参加させてもらえない。

「M33シグナルの解読内容が検証委員会で認定され、全世界に公表されたとき、我々人類の宇宙観は大きく変わることになると思われますか。朱鷺丘さんが持たれた印象でかまいません。お聞かせください」

朱鷺丘先輩に視線が集まる。

さっきのように、すぐには首を振らない。

五秒。十秒。

まだ動かない。

会見場に異様な静寂が漲《みなぎ》る。

朱鷺丘先輩が目を上げた。

「そうあってほしいと思います」

おおっとどよめきが起こる。

大手メディアの記者たちが、英雄でも崇《あが》めるような目で僕を見上げる。

「ありがとうございました」

僕は、礼をいってから、さらに続けた。

「もう一つだけ、お尋ねします」

朱鷺丘先輩は、あの懐かしい、一キロメートル先を見るような眼差《まなざ》しを、僕に向けている。

「彼らは、来るのですか」

冗談だと思われたのだろう。周りの記者さんたちから笑い声が上がった。

でも、僕は、笑わなかった。

朱鷺丘先輩も、笑わなかった。


この記者会見の様子はネットでもライブ配信された。朱鷺丘先輩の素っ気ないにもほどがある対応ぶりには批判の声もあったが、逆に面白がる人も少なくなかった。

朱鷺丘先輩は昔からそうだ。人を人とも思わない態度なのに、不思議なほど恨まれない。これは、朱鷺丘先輩が世界の中心軸を自分の中に置いていないからだと思う。朱鷺丘先輩は、けっして自己中心的な人ではない。だれかを見下したり、自分を尊大に見せようとしたりすることとも無縁だ。だから、周囲の人たちにも、思ったほどネガティブな感情を引き起こさない。

では、どこに世界の中心軸を置いているかというと、客観的な事実や科学的なデータだ。そういうものに基づかない質問には、答える義務も価値も感じない。

その朱鷺丘先輩が、僕が記者会見で投げかけた最初の質問だけでなく、二つ目の質問も無視しなかった。つまり朱鷺丘先輩は、〈彼らは来るのか〉という冗談のような質問を、あの場で答えるに値すると見なした、ということになる。なにをいいたいかというと、朱鷺丘先輩たちが解読したM33シグナルには——。

おっと、少し先走ってしまったようだ。

僕も久しぶりに興奮しているらしい。

まずは、僕があの二つ目の質問をしなければならなかった理由を話しておく必要がある。

事の起こりは、この記者会見の三ヵ月ほど前、おそらく朱鷺丘先輩のチームがシグナル解読作業の最終段階を迎えていたころに遡《さかのぼ》る。そんなことを知る由もない僕は、ある仕事のオファーを受けるかどうかという世俗的な判断を迫られていた。

僕はいちおうサイエンスライターを名乗っている。科学分野の発見や知見について、一般の人にわかりやすく、正確に、そして面白く伝えることが仕事だ。扱うのは、あくまで科学的な事実や有望とされる仮説に基づいたものだが、今回打診のあったテーマは、僕のその信念を試すようなものだった。ずばり〈M33シグナルから生み出された数々の珍説や都市伝説を科学的に再検証してみる〉だ。

M33シグナルは僕のライフワークといってもいい。どのテーマで書くときも全力を尽くすが、M33シグナルを扱うときは特別な気持ちになる。

とはいえ、シグナルが確認されてもう十七年だ。その間、なんどか解読成功のニュースが世界を駆けめぐり、そのたびに一時的に注目はされるものの、けっきょく間違いだったことがわかると、失望だけを残して人々の頭から消えた。世界中で精力的に地球外知的生命探査が進められたにも拘《かか》わらず、未《いま》だにＭ33ＥＴＩ以外のシグナルを発見できていないことも、世間の関心が薄れてしまった要因だろう。とくにここ二年は、まったくといっていいほど話題に上らなくなっていた。Ｍ33シグナルの記事を書きたいと思っても、進展がなにもないのだから、書くネタも底を突く。そんなところに舞い込んだのがこの仕事だったのだ。

はっきりいって乗り気はしなかった。だって〈Ｍ33ＥＴＩはすでに地球人にまぎれて生活している〉とか〈シグナルは潜入している彼らに指令を伝えるためのものだ〉とか〈まもなく宇宙艦隊が攻めてくる〉とか、科学的にどう検証しろというのか。いや検証はできるけど、結果はわかりきっている。そういう類《たぐい》の本が売れることもあるだろうし、冗談として笑ってもらえればいいのかもしれないけど、僕としてはかなり抵抗を覚えたのも事実だ。

でも、結論からいうと、僕はその仕事を引き受けた。やはり、Ｍ33シグナルに関わる仕事を、それがどんなものであれ、ほかの人に譲りたくはなかったからだ。それにギャラも悪くなかったし（だから世俗的っていったでしょ）。

とまあ、そういうわけで、とりあえず調査に着手し、十七年前にわずかなりとも世間を騒がせたＭ33関連事例をネットや書籍から拾い集めてみたのだが、これが案の定というか予想どおりというか、わざわざ再検証する価値があるとは思えないものばかりだった。

ところが、その中に一つだけ、例外を見つけたのだ。

当時は、ほかの与太話と同じく荒唐無稽《こうとうむけい》とされていたのに、あらためて見直すと、整合性が取れており、致命的な矛盾点もない。妙にリアリティがある。むろん、それだけで真実であると断定できるわけではないし、矛盾のないよう慎重に話を創作した可能性も高いが、再検証の対象としては悪くない。それに万が一、この話に一片でも真実が含まれていたら、M33シグナルの新知見に繋《つな》がる可能性もないわけじゃない。

俄然《がぜん》やる気の出てきた僕は、早速、M33シグナルの〈レセプター〉と称した人たちの、その後の消息を調べはじめたのだった。

＊＊

鏡の向こうにいるのは、私ではないだれかだ。目の周りを隠すだけの仮面一つで、私という存在が消えてしまった。赤地に細やかな金色の模様を鏤《ちりば》めたマスカレードマスクは、レセプターアルファと名乗る男性から送られてきたものだ。このホテルの場所と日時を記したメモとともに。

人が入ってきた。三十代半ばの落ち着いた雰囲気の女性だった。鏡越しに目が合う。

その人が足を止め、私を凝視する。

たしかに、仮装イベントでもないのに、こんな仮面を着けていては妙に思われるだろう。しかし、他人がどんな奇抜な恰好《かっこう》をしていようと、気にしないそぶりをするのが都会のマナーだ。化粧室の中ならば尚更《なおさら》。なのにその女性は、私の背後から動こうとしない。単なる好奇心にしては度が過ぎる。もしかして、と思い当たった。

「あなたも、ですか」

私は振り向いていった。

「じゃあ、あなたも」

女性が表情をゆるめ、手にしていたバッグからそれを取り出して見せる。

淡いピンク色のマスカレードマスク。私のものより上品な感じがする。

女性が私の隣で鏡と向き合い、マスクの二本のひもを頭の後ろで結んで装着した。

「やっぱり変なの。似合わない」

そういって可愛らしく笑う。

「でも、よかった。女性がわたし一人じゃなくて」

「一人だと不都合でも？」

意外そうに私を見る。

「だって不安じゃない？　どんな人が来るかわからないし」

「断ることもできました」

女性の表情が曇った。口元だけでも感情の動きはわかるものだ。

「ずっと知りたかったから。この声のこと」

私は気づいた。いま自分は、生まれて初めて、同じ体験をしてきた人と話している。

女性が笑みを作り、

「あなたのマスク、かっこいいね。赤とゴールド。わたしもそういうのがよかったな」

「交換しましょうか」

気を利かせたつもりでいうと、その人が短く笑った。

「ありがとう。でも、やめておきましょ。たぶん向こうは、このマスクで個人を識別してると思うから」

なるほど。そうかもしれない。

「ほんというと、ちょっと怖くなっちゃってね……」

女性が小さくいって、鏡の中の自分たちに目をやる。

「……ここであなたに会わなかったら、帰ってたかもしれない」

「なにが怖いんですか。ホテルの部屋で知らない人たちと会うこと？」

「それもあるんだけど……」

女性が、あっと口に手を当てる。

「ごめんなさい。会ったばかりのあなたに馴《な》れ馴《な》れしくおしゃべりしてしまって」

「いえ、ぜんぜん平気です」

そういえば、私も人見知りをする質《たち》のはずなのに、この人には自分から声をかけることを躊躇《ためら》わなかった。

女性が時間を確認する。

「そろそろ行ったほうがよさそう」

私たちは化粧室を出て、エレベーターに向かった。メモで指定された部屋は最上階だ。一気に上昇すると耳の奥がつんとした。エレベーターを降りて廊下を歩き、部屋番号を確かめてから、女性が呼び出しボタンを押す。少し間を置いてドアが開き、あの男性が現れた。

レセプターアルファ。

きょうは歌舞伎の隈取《くまど》りを模した仮面ではなく、白地に銀色の模様を施したマスカレードマスクを着けていた。顎《あご》は細く女性っぽいくらいだが、体格は動画で見た印象よりも逞《たくま》しく、背も高い。しかし、彼であることに間違いはなかった。

「すみません。遅れて」

女性が如才なくいった。無言でやり過ごしてしまった私は、自分の社会経験のなさを晒《さら》したようで恥ずかしくなる。

「よく来てくださいました。ミオさん、ケイさん」

私たちの顔を交互に見ながら、にこやかにいった。やはりマスクは一人一人違っていて、名札代わりになっているようだ。ただし、ケイは私の本名ではない。彼とやりとりをするときに使ったハンドルネームだ。ミオも仮名だろう。

「どうぞ中へ」

入った先にもう一つドアがある。そこを抜けると、広々としたリビングに出た。手前に六人掛けの大きなテーブル。その奥には、ゆったりとしたソファセットが、大画面のテレビと向き合っている。調度品の一つ一つが、シンプルながらも品格を感じさせた。

その部屋で、色とりどりのマスカレードマスクを着けた男性三人、女性一人が、ソファやテーブルの椅子に座ったり、立って壁に背を預けたりしている。

と次の瞬間、不快な感覚が全身を趨《はし》り、私は立ち竦《すく》んだ。なにに対する不快なのかわからない。部屋はとても清潔そうだし、ほのかに漂うハーブの香りも上品で心地いい。しかし、胸の内側をざわりと撫《な》でられるような感覚は、単なる気のせいとも思えなかった。ミオも同様だったらしい。私たちはこっそりと視線を交わした。

「お好きなところへ。飲み物はミニバーでご自由にどうぞ。化粧室は奥にあります」

私とミオは、ミニバーの冷蔵庫から缶のウーロン茶を選び、出口に近いテーブル席に腰を下ろす。同じテーブルの正面に、先に来ていた女性が着席している。しかしその女性は、私たちを警戒するように一瞥《いちべつ》したきり、テーブルに置いたミネラルウォーターのペットボトルに目をもどした。

「みなさんそろいましたので、はじめたいと思います」

白仮面の男性が、テーブルとソファの中間に立つ。

「あらためて自己紹介します。といっても、事前にお伝えしたように、ここでは本名や職業、年齢、その他の個人的な情報はいっさい不要です。必要なのは、互いの呼び名だけ。ぼくのことはアルファと呼んでください」

集まった人たちは、うなずくでもなく、無言でアルファを見ている。みな表情が硬い。

「では、みなさんのことは、ぼくから紹介させていただきます。まず、こちらが」

一人壁際に腕組みをして立っている男性を掌《てのひら》で示す。

「ジュニアさん」

ジュニアと紹介された彼が、壁から背を浮かせて腕組みを解き、小さく頭を下げた。大柄ながら引き締まった体軀《たいく》をブラックスーツに包んでいる。仮面も黒一色。顎が張っていて、いかにも頑健そうだ。年齢は三十歳くらい。育ちの良さげな雰囲気から、ジュニアという呼び名も意外にしっくりくる。

続いてアルファが、ソファに座っている男性を指し、

「タクトさん」

年齢はアルファと同じくらい。律儀にソファから立ち上がり、深々と礼をした。タクトには〈指揮棒〉という意味もあるので、クラシック音楽でもやっているのかもしれない。仮面はグリーンを基調にしたおとなしめのもの。真面目な学生という感じがする。

その向こうに座っている二重顎の太った男性は、

「ランスさん」

灰色のスーツを着用しているが、どことなく草臥《くたび》れていて、両足を広げた座り方も見苦しい。紹介されたときも、右手をひょいと挙げただけで、こちらに目を向けようともしない。青地に銀色の模様の入った立派な仮面も、この男性が着けると下品に見えてしまう。ランス（槍《やり》）というイメージからもほど遠く、中年男性の傲慢《ごうまん》さと無神経さを体現したような男だ。さっきから感じる不快は彼のせいだろうか、と思いかけたが、いや違う、と考え直した。たしかに彼の第一印象は最悪だが、いま胸の中で蠢《うごめ》く不快感を生み出すほどではない。

「スピカさん」

私たちの正面に座っている女性だ。二十代後半くらい。ロングヘアに水色のスカートスーツ。紫地に金色模様の派手な仮面を、違和感なく着けこなしている。ネイルも丁寧にケアしてあり、この中ではいちばん垢抜《あかぬ》けた感じがした。「よろしく」と貫禄《かんろく》のある笑みを口元に浮かべる様も堂に入っている。おとめ座でもっとも明るく輝く星〈スピカ〉を名乗るだけはあった。

そして最後が私たち二人。

「ケイさん」

私は縮こまって頭を下げるのが精一杯だったが、

「ミオさん」

さすがミオは大人だ。「よろしくお願いします」ときれいな声で挨拶《あいさつ》をした。

「ここに集まったみなさんとは、何度もやりとりをさせていただきました。その際にいくつも失礼な質問をしてしまったかと思いますが、どうか、お許しください。みなさんが本物であることを見極めるには必要だったのです。きょうは——」

「ちょっと待った」

不作法に遮ったのは青い仮面のランスだ。

「アルファさんよぅ。一つ教えてくれや」

「……なんでしょう」

「ここにいるのは、全員、聞こえる者なのか」

私はあっと息を呑《の》んだ。

そうだ。この中に、あの声の聞こえていない人が交じっている。さっきから感じる不快は、それが原因だ。理屈ではなく、直感だった。

「ふうん。この部屋に入ったときから嫌な感じがしてたんだけど、そのせい？」

スピカが、テーブルに両肘《りょうひじ》を突き、組んだ指に顎をのせた。

タクトも無言でうなずく。

「どうなんだ」

アルファは答えない。

「おい、あんた」

ランスが、壁際に立つジュニアに顔を向けた。

「私ですか」

ジュニアが落ち着き払って答える。

「いま、どんな声が聞こえてるか、いってみろ」

「なぜ、そんなことを」

「この時間、M33はほぼ真上にある。声がいちばん聞こえやすいポジションだ。おれたちと同類なら、聞こえていないはずがない」

ランスがジュニアを睨む。

ジュニアは瞬《まばた》きもせずに受け止める。

重い沈黙が流れる。

そのとき、ふっと笑ったのは、アルファだった。ジュニアに向かって、

「ぼくはもういいですよね」

それまでとは打って変わった口調で告げると、ジュニアがうなずいた。

アルファは空いているソファに腰を下ろし、両肩の凝りをほぐす仕草をする。

入れ替わるようにジュニアが壁から離れ、アルファが立っていた場所まで進む。両手を頭の後ろに回し、ひもをほどいて仮面を外した。

「あんたが黒幕ってわけか。手の込んだことで」

「まずは、みなさんを騙《だま》す形になったことをお詫《わ》びします」

仮面の下から現れたのは、目鼻立ちの整った、なかなかの好男子だった。動揺してい

る様子は微塵《みじん》もない。

「おれたちに気づかれるのも想定内か」

「期待はしていました」

「期待だぁ？」

「私の存在を見抜いたあなた方は、M33シグナルの〈レセプター〉として有望であると考えられます」

「ぼくらは合格ってことですか」

タクトが初めて口を開いた。当初の印象よりも芯《しん》を感じさせる声だ。

「そう受け取っていただいて構いません」

「話がさっぱり見えんな。あんたは何者だ。なんでおれたちをここに集めた」

「私には雇い主がいますが、私の口からお教えすることはできません。みなさんにここに来ていただいたのは、みなさんの力を借りるためです」

ジュニアがゆっくりと息を吸う。

「もしかしたら、人類の命運が、みなさんにかかっているかもしれない」

＊＊

僕が調べた範囲では、国内でM33シグナルのレセプターとして表立った活動をしていたのは、ランス、タクト、ケイ、ミオ、スピカ、アルファ、この六名の男女だ。もちろん本名ではない。彼らが公開した一連の動画でも、コロンビナと呼ばれるタイプのマスカレードマスクを着用しており、誰一人として素顔を見せていない。見当が付くのは年齢と性別くらいだ。

動画もたしかに重要な資料だが、そこで語られた内容はあくまで表向きのものである。少しでも耳目を引こうと脚色された部分もあるだろうし、わかりやすさを優先するために重要な点が省略されていたかもしれない。そういった装飾や編集の加えられていない真実に近づくには、六名のうち一人でもいいから実際に会い、インタビューをする必要があった。

そこで業界内のあらゆる伝手《つて》をたどり、彼らと接触したことのある人を探して話を聞いたのだが、なにしろ彼らの活動は十五年前に投稿された動画を最後に途絶えたままだ、現在の消息につながる情報は得られなかった。人捜し専門のエージェントに依頼することも考えたが、コストがかかりすぎて赤字になるという一点で選択肢から外れた。

となると残された手段は一つ。

そう。ネットで呼びかけて、向こうから名乗り出てくれるのを待つ。

＊＊

「人類の命運ときたか。こりゃたいへんだぁ」

　下卑た笑い声を部屋いっぱいに弾《はじ》けさせたのは、青い仮面のランスだった。そのランスを、紫仮面のスピカが嫌悪も露《あら》わに睨む。

「でもそれ、まったくの冗談でもないんですよね」

　ソファでくつろぐ白仮面のアルファが、軽い調子でいった。

　ランスが笑いを止めて、大きなため息を吐く。

「わかったからよぅ、さっさと話を進めてくれや。おれたちはここでなにをすりゃいいんだ」

「私はいまから部屋を出て、別の場所で待機します」

　ジュニアがいった。

「私がいなくなれば、この空間にいるのは、みなさんレセプターだけになります。その状態で二時間、過ごしていただきます」

「なんのために」

「いえません」

「おい」

「理由があります。これ以上、そのことに言及すると、みなさんに不要な暗示をかけてしまう恐れがあるからです」

「その二時間になにかが起こる、というわけですか」

緑の仮面のタクトに、ジュニアがうなずく。

「そして、それを詳細に報告していただきたい」

「一つ念押ししとくが」

ランスがいった。

「おれたちは、いつでも席を蹴《け》って出て行ける。そうだな」

「もちろんです」

「ここで見聞きしたことを、ほかでしゃべっても、ネットに流しても、かまわない」

「守秘義務のことをおっしゃっているのなら、そういったものはありません」

「なぜだ」

「もし、この場でなんらかの情報が得られた場合、それは一部の人間が独占するのではなく、速やかに社会で共有すべきものだと我々は考えるからです」

「ご立派なことで。だが二時間も拘束されるんだ。おれたちの報酬は？」

「些少《さしょう》ではありますが」

「へえ、周到だな。で、あんたらにはどんな利益があるんだ」

「……利益？」

「こんな豪勢な部屋を用意して、おれたちに報酬まで払って、あんたらはなにを得る。おれたちに起こっている現象を、どんな金儲《かねもう》けに使うんだ」

ジュニアが苦笑を浮かべて、

「そのつもりなら、事前に正式な契約書を交わして、みなさんにも守秘義務を負っていただいています」

「……危険はないんだろうな」

「これまでのところ、身体に悪影響が及んだ例は報告されていません」

「身体に？」

耳ざとく聞き返す。

「精神的におかしくなった例はある、ということか」

「帰ります」

スピカが冷ややかな声とともに立ち上がった。

「思ってたのとぜんぜん違う。それに」

横目でランスを示しながら、

「こんな人と二時間も同じ空気を吸うなんて耐えられない」

名指しされたも同然のランスが、おれのことかな、と問うようにタクト、アルファ両者の顔を窺《うかが》う。

「ミオさんと、ケイさん、だったよね」

スピカがランスを無視して私たちに話しかける。

「もう帰ろうよ。場所を変えて、わたしたちだけでやろ。こんな仮面も外して」

ミオと顔を見合わせると、困ったような笑みを浮かべる。席を立つ気配はない。

私はスピカを見上げて、

「残ります」

「うそ、どうして……」

「なんとなく、そうしなければならない気がして。それに、ほんとうに人類の命運がかかっているのなら」

隣のミオもうなずいている。

「あなたたち、あんなの、信じるの？」

スピカが憮然《ぶぜん》とした。

ミオが、

「でもね」

と穏やかに言葉を添える。

「この声が聞こえることだって、だれにも信じてもらえなかった。それが、こんなに仲間がいることがわかった。人類の命運がかかってるかどうか、ほんとうのところはわからないけど、せっかくこうして会えたのに、すぐに喧嘩《けんか》別れしちゃうのは、もったいないと思う」

「なぁ、スピカさんよぅ」

ランスが静かに語りかける。

「たしかにおれは下品な男だ。あんたが気に入らないのも無理はない。だが、少なくともおれは、あんたには敵意も悪意も持っちゃいないぜ。ほんとうだ。どうせここを出たら一生会うこともないんだ。それに、あんたもこの声に悩まされてきたんだろ。だから、わざわざ平日の真っ昼間に、ここまで足を運んだ。おれもそう。ほんとはジュニアみたいな気取った野郎は大嫌いなんだが、我慢してるんだ。人類の命運もどうだっていい。この忌々《いまいま》しい声がなんなのか。なぜ聞こえるのか。ほんとうに宇宙人からのメッセージなのか。それを知りたい。だからここにいる。この機会を逃したら、声の正体に近づくことは、二度とできないかもしれん。あんたは、それでもいいのかい」

スピカはしばらく無言で立っていたが、鼻息を一つ吐くと、何事もなかったかのように腰を下ろした。

「ご協力、感謝します。ランスさんも」

ジュニアの言葉に、ランスが忌々しそうに右手を一振りする。

「私はいったん出ます。あとのことはアルファさんに任せます。では」

そういうと、ほんとうに出ていった。

ジュニアが姿を消すと同時に、さっきまでの不快感が嘘みたいに消えた。

「二時間、どうします？」

タクトの声からも力がほどよく抜けている。

「しりとりでもするか」

ランスが軽口を叩《たた》くようにいったが、だれも笑わない。

「それ、いいかも」

アルファがソファから身体を起こした。

「アルファくんよぅ。だいたい、あんた、これ、どういうことなんだ。まずはそれを説明してくれ」

「すみません。謝ります」

アルファが、ふたたび部屋の中央に立つ。

「あの動画を作ったのは、ぼくです。もちろん、声が聞こえてるというのもほんとうです。ジュニアさんは、あの動画を見て、ぼくに連絡してきたんです」

「何者なんだ、あの男」

「ぼくにもわかりません。バックにいるのは、どこかの政府か、グローバル企業か。まあ、そんなとこじゃないですかね。予算はたっぷり使えるみたいですから」

「としたら、この部屋も盗聴されてるかもな」

ランスの言葉に、スピカがぞっとしたように両腕を抱く。

「それはないと思いますよ」

アルファがいった。

「じつは、きょうの計画を聞かされたとき、あの人に冗談半分で聞いたんですよ。盗聴器も仕掛けるんですかって。だって、こういうシチュエーションのお約束じゃないですか。そしたらあの人、そんなことはしない、と断言しました。実験の結果に悪影響を及ぼしかねないからと」

「実験ねえ」

ランスが鼻で笑った。

「あんたは、その言葉を信じるのか」

「疑っても仕方がないし、盗聴されたからって、まあ気分は悪いですけど、とくに不都合があるわけでもないですからね」

ランスが天井を見上げて叫ぶ。

「おい、黒い仮面のうんこ垂れインポ野郎、聞いてるか。アルファくんはおまえのことを信じてるってよ」

スピカが聞こえよがしに、はあ、とため息を吐く。

ここでタクトが口を開いた。

「すでにこれまでの実験で、ある程度の結果は出てる、ということですか。さっきのジュニアさんの言い方では、そういうふうに聞こえましたけど」

「みたいですね」

「こうやって複数のレセプターが一ヵ所に集まると、なにが起こるんです」

アルファが、ううん、と唸《うな》って、

「これは、いっちゃっていいのかな」

独り言のようにつぶやく。

「ま、いっか。任されたんだから」

顔を上げた。

「えっとですね、集まったレセプターの意識が同調すると、なにかが見えるらしいんです」

「見えるって、なにが」

とランス。

「ぼくも教えてもらえませんでした。ただ、成功例はほんとに少ないそうですけど」

「それが、人類の命運に関わる内容だと？」

タクトがいった。

「でもよぅ、あいつが出て行っても、なにも起こらないぞ」

「それは、六人の意識がぜんぜん同調していないから」

「意識の同調って、どうやるんだ」

「たとえば、六人で一つのことに集中するんです。だから、しりとりなんかぴったりなんですよ」

「そんじゃ、やるか。しりとり」

タクトもうなずいて、

「取っかかりとして試してみる価値はありそうですね」

「ほんとにぃ？」

スピカが呆《あき》れたように叫んだ。

「いいじゃない。健全で」

慰めるようにいったミオをじっと見つめてから、またしても大きなため息を吐く。

「なんなの、これ。ホテルのスイートまで来てしりとりって……」

「ただのしりとりじゃない」

ランスがまじめ腐った口調でいった。

「人類の命運をかけたしりとりだ」

＊＊

M33シグナルのレセプターとして活動したことのある人がいたら、ぜひ取材させてほしい。そうネットで呼びかけたところ、百件を超える反応があった。

とはいえ、僕の知るかぎり、実際に活動していたレセプターは六人なので、ほとんどが偽物ということになる。その中から、いるかもしれない本物を選《よ》り分けるために僕が投げた最初の質問が「その声はいつ聞こえますか」だ。

レセプターの特徴は、彼らの主張が正しいとすればだが、M33シグナルを声として捉《とら》える能力にある。その声がシグナルと関連しているのならば、声が聞こえるのはM33銀河が空にある間だけだ。地平線の向こうに沈めばシグナルも届かないから、声も途切れるはず。だから、その声が二十四時間ずっと聞こえている、あるいはM33が地平線の向こうに沈んでいる時間帯にも聞こえるのは、明らかにおかしい。こんなことはちょっと調べればわかることだが、おもしろ半分で絡んでくる人たちは、その程度の手間もかけない。当然、お引き取りいただいた。

さらに当時のことを重ねて質問していくうちに、返答に矛盾が出てきたり、とつぜん音信不通になったりして、九割以上が脱落した。残った人たちとはとりあえず会う約束をしたのだが、約束どおりに来た人はわずかだった。そのわずかな人と話してみると「たったいまM33のエイリアンと会ってきたところだ」とかいい出されてがっくりくる。

そうやって淘汰《とうた》した結果、一ヵ月の間に、たった一人をのぞいて全員が除外されてしまった。しかし、最後に残ったその人こそ本物ではないかと、僕は密《ひそ》かに期待していた。なぜなら、その人の名乗った仮名が、かつてレセプターとして活動した六人の名前の一つに一致していたからだ。僕はネットで呼びかけたとき、「M33シグナルのレセプター」とだけ言及し、彼らの使っていた名前をあえて出さなかった。もちろん調べれば簡単にわかるが、その人以外はだれも使わなかったのだ。

指定された待ち合わせ場所は、都内某ホテルのカフェラウンジ。僕は約束の時間ぴったりに到着した。入ったところで見渡すと、四人掛けのテーブル席に、五十歳くらいの女性が一人、座っていた。人待ち顔で、ずっとこちらを見ている。

僕は柔らかい表情をつくり、小さく頭を下げた。その人は、ほっとしたように会釈を返してくれた。

　僕はまっすぐ歩み寄った。

「芦川です。ミオさん、ですね」

＊＊

　アルファが、沈黙を押し上げるように両腕を伸ばし、身体を反らせた。

「ダメっぽいですね」

「当たり前でしょ」

　スピカの尖《とが》った声が応える。

「こんなのでうまくいったら、だれも苦労しない」

「ま、成功例はわずかだっていうからな」

　ランスがソファに大きな頭を預け、気の抜けた笑いを漏らす。

　しりとりは三十分ほど続けたが、特筆するようなことはなに一つ起こらず、空気がしらけただけに終わった。

「……ねえ」

　スピカが気怠《けだる》げにいう。

「この声って、ほんとうに宇宙から届いてるの？　ただの幻聴じゃないの？」

「それだとM33と連動していることが説明できないだろ」

「とはいえ、四十七分四十九秒周期ってわけでもないんですよね、この声は」

タクトがいうと、ランスがぐいっと頭をもたげた。

「調べたのか」

「時間を計って、聞こえるパターンを細かく記録したことがあるんです」

「それで」

「周期性がないとまでは断定できませんけど、少なくとも、四十七分四十九秒周期で繰り返されるパターンは見つけられませんでした」

「やっぱり違うんじゃない」

「だから、M33との連動はどう説明するんだって」

「もしかして」

意外なところでミオが口を開いた。

「M33と連動していて、でも電波シグナルのパターンと違うってことは――」

「あ、そうか！」

タクドの声が被さった。

「うわあ、なんで気づかなかったんだ！」

「え、なにっ」

スピカが悲鳴みたいに叫ぶ。

　タクトが、あっとミオに顔を向ける。ミオが微笑んで、どうぞ、と仕草で応《こた》えると、恐縮したように頭を下げた。

「ぼくらが声として捉えているのは、電波とは別のシグナルかもしれない、ってことですよね」

　確認するように問われたミオが、微笑んだままうなずいた。

「ごめん。こんがらがってよくわからないんだけど」

　スピカは頭を抱えんばかりだ。

　タクトが嚙《か》んで含めるように、

「M33から届いているのは、電波だけじゃなかったんです。おそらく人類にとって未知の、なんらかの〈波〉もいっしょに送られてきていて、それをぼくらが声として認識している可能性がある」

　ランスが、なるほどな、と唸る。

「となると、その〈謎の波〉が伝わる速さも光速と同じはずだな。M33から届く光と連動しているんだから」

「事実だとしたら、凄《すご》い発見ですね。ノーベル賞どころじゃない」

「ま、だれにも認めてもらえんだろうがな。エビデンスがおれたちだけじゃあ」

「ひょっとして、ランスさんとタクトさんって理系の人？」

　アルファが思わずといった感じで口走ってから、

「いえ、いいです。個人情報はいりません」

あわてた様子で打ち消した。

「で、謎の波だったら、なんだっていうの」

「いや、別に、なにってわけでは。単純に面白いなって」

タクトの返答に、スピカが顔をしかめる。

「瞑想《めいそう》してみませんか」

全員の「え？」という視線を浴びて、私は失敗を悟った。じつはさっきからずっと提案したくて、いい出すタイミングを計っていたのだが、間違えたらしい。

「意識を同調させるために？」

フォローするようにいってくれたミオに、私はうなずいて、

「しりとりはうまくいかなかったですけど、あれでなんとなく空気が和らいだというか、みなさん、打ち解けた感じがしますし、だから、いまなら」

「うん、まだそっちのほうがいい」

スピカが控えめながらも賛意を示した。

「おれ、スピリチュアル系って苦手なんだよな」

気乗りしなそうなランスを、

「瞑想の効果は、脳科学的にも証明されてますよ」

タクトが取りなすと、

「たしかに、しりとりよりは、できそうな感じがしますよね」

アルファも軽く調子を合わせる。

「でもよぅ、ただ目を瞑《つむ》ればいいってもんでもないんだろ。みんなで手を繋ぐか」

「それは嫌」

スピカが即座に却下した。

「ただ目を瞑ればいいと思います」

私はいった。

「目を瞑って、なにも考えないんです。一人一人、頭の中を空白にして、その空白をみんなで繋げて、一つの大きな部屋を作る。そんな感覚で」

「なんか、できそうな気がしてきた」

アルファはやけに楽しそうだ。

「この勢いでやっちゃいましょうか」

タクトも乗ってくる。

ミオが私の顔を見た。

「じゃあケイさん、今度はあなたが仕切って」

「私ですかっ」

「そうね。こういうのに慣れてるみたいだし」

スピカの声に皮肉や嫌みは感じられない。

ランス、タクト、アルファも私に注目している。

「わかりました」

いったん覚悟を決めると、自分でも意外なほど肝が据わった。

「では、みなさん。まず両手の指を組んで、楽な姿勢をとってください。指を組むのは、手の動きを制限することで、よけいな神経を使わないようにするためです」

「なるほど。合理的だな」

「黙って」

スピカの声に、ランスが肩をすぼめる。

「次に、目を瞑って、ゆっくりと息を吐いてください」

私は、みんなが肺の空気を吐き切るころを見計らい、

「吐くのを止めて、力を抜いて、自然に空気が肺に入ってくるのを感じてください。このとき、力んで息を吸おうとしないように。肺の復元力だけで空気を取り入れてください。入ってくる空気の流れが止まったら、それ以上無理に吸い込まないで、息を吐きます。ゆっくりと。あとは、これの繰り返しです。あくまで、自分のペースで続けてください」

＊＊

「そして、あなた方は、なにかを見たのですか」

ホテルのカフェラウンジは、ほどよく賑《にぎ》やかだ。さまざまな年齢の人たちが、くつろいだ様子で談笑したり、資料を手に真剣な顔で議論したり、限りなく日常に近い非日常の光景を繰り広げている。

「見るといっても、夢を見ている感覚に近かったと思います。目を閉じていて、眠っているわけでもないのに、夢を見ている。そんな感じの」

ミオさんは、少しふっくらした、穏やかな話し方をする女性だった。年齢は五十歳を超えているだろうが、瞳《ひとみ》の輝きは理知に富み、言葉を切ったときにちらと見せる表情も可愛らしいくらいだ。

僕はすでに確信していた。この人は、十五年前まで〈ミオ〉として活動していた女性と同一人物だと。歳月は、顔の輪郭や体型に否応《いやおう》なく変化をもたらすが、その人特有の雰囲気は残るものだ。それに、僕が席について早々に、バッグから取り出して見せてくれた、褪《あ》せたピンク色のマスカレードマスク。まさしく、動画で〈ミオ〉が着用していたものと同じだった。

「目を開けようと思えば開けられた？」

「たぶん。でも、そのときは、目を閉じていることを忘れるくらい、見えてきたものに心を奪われて」

「それで」

いま僕は核心に触れようとしている。

「なにが、見えたのですか」

ミオさんが懐かしむように微笑んだ。

「暗い宇宙に浮かぶ、青い星の姿です」

＊＊

目を開けた。心臓が信じられないくらい激しく鼓動していた。隣のミオは頬を紅潮させ、正面のスピカは右手を胸に添えて呆然《ぼうぜん》としている。

「いま、見えた……よな」

ランスが、自信なげに、私たちを見回す。

「ぼくたち、同じものを見たんですかね」

タクトも戸惑いを引きずっている。

「わたし、地球みたいな星だったけど」

スピカの言葉に、みんなが同時に息を吸った。

「ぼくもそう」

勢い込んで応じたのはアルファだ。

「でも、似てたけど、地球ではなかったですよね。もしかして、ぼくら、M33ETIのいる星を見ちゃったとか」

「違う」

ランスが強く否定した。

「あれは地球だ。南北を貫く地軸が真横を向いてたからわかりにくかったが、アフリカ大陸とアラビア半島があった」

「それはぼくも気づきました」

タクトがいった。

「ただ、アフリカ大陸に見えた陸地は、半分以上緑色に覆われてました。海岸線も微妙に違っているようで」

「ってことは、やっぱり」

アルファが興奮を抑えきれないような面もちで、

「M33銀河には、地球にそっくりの惑星があって、シグナルはそこから」

「そうじゃなくて……いや、まさかとは思うんだけど……」

いいよどむタクトに、ランスが痺《しび》れを切らしたように、

「おれたちが見たのは、M33ETIが見ていた地球だ。六百万年前の、この地球の姿なんだ。だから、アフリカ大陸もいまほど乾燥が進んでいないし、いま陸地の部分がそのころは海だったり、その逆だったりして、海岸線も少しずつ違う」

「その映像を、六百万年後の地球にいるぼくらが見たってことは、え、なにこれ……ど

混乱している様子のアルファに、ランスが諭《さと》すように、

「奴ら、地球の存在を知っていたんだ。三百万光年も離れた銀河の片隅にある、こんな小さな惑星のことを」

「M33からのシグナルは、ほかでもない、この地球に向けたものだった、ということになりますね。しかし……」

タクトの硬い声に、ランスが「ああ」と応えて、

「考えれば考えるほどあり得ないが、あり得ないと感じてしまうのは、おれたち人類がそのレベルに達していないってだけの話かもな」

「でも、なんのために。なぜ、こんな映像を……」

「だめ。わたし、もう付いていけない」

スピカが降参したように首を振る。

「見えるものって、これだけでしょうか」

みんなの注目を浴びながら、ミオが静かに言葉を継ぐ。

「まだ続きがあるような気がするんですけど」

＊＊

カフェラウンジの喧噪《けんそう》が遠のく。

「……あったんですね、続きが」

「はい」

ミオさんの声が重くなる。

「そこで、見てしまったんです、わたしたち」

＊＊

初めてのときは、映像が現れるまで数分間かかったが、二回目はほんの十秒足らずでその世界に入れた。一度経験したことでなんらかの経路が開いたのかもしれない。そして落ち着いて観察すると、その青い星には、たしかにアフリカ大陸とアラビア半島を確認できる。

「うわぁ、ほんとに地球だ、これ」

私の思いを代弁するような声はアルファだった。映像を見ながらでも会話はできるらしい。

「六百万年前かぁ。ってことは、あそこには恐竜とかいるんですかね」

「いねえよ！」

ランスが威勢よく突っ込んだ。

「年代の桁《けた》が違うわ」

「え、そうなんですか」

「これ、静止画なんでしょうか」

タクトの声にランスが答えて、

「いや、よく見ると、雲が動いてる」

「……あ、ほんとですね。動画なんだ」

そういわれて私も、美しい青色の球にちりばめられた純白の雲を凝視した。なるほど。少しずつではあるが、気流に乗って動いているようだ。

「凄いな。ぼくたちは、いま、六百万年前の地球を、宇宙から眺めているんですよ。人類がまだ誕生するかしないかってときの地球を。ほんとに凄い体験だ」

「ねえ、これ、いつまで見てればいいの」

スピカが醒《さ》めた口調でいった。

「飽きてきたんだけど」

「マジですかっ」

タクトの声が裏返った。

「だって、さっきからなにも起こら……」

スピカの言葉が途切れた。

見えている地球の姿が一回り小さくなったのだ。さらに小さくなる。どんどん縮んでいく。それにつれて、周囲の宇宙空間に無数の星が姿を現す。まるで私たちが超高速で地球から離れているみたいだ。

「なにが始まったの？　宇宙旅行？」

「いや、ズームバックしてるんだ」

とうとう地球が小さな点になり、ほとんど見えなくなった瞬間、下から目を射るような眩《まぶ》しい光の球が現れた。

「太陽……ですね」

その太陽も遠く離れていき、やがて宇宙空間を埋め尽くす星の一つになる。星の密度は白い砂を敷き詰めたように濃くなり、その白砂が黒いガスにも似た衣を纏《まと》って大きく歪《ゆが》んだ渦を巻く。渦の中心を占めるのは、すべてを呑み込む巨大な光の塊だ。

「これが……天の川銀河……なのか」

凄《すさ》まじい光景に、ランスでさえ言葉を失いかけている。

「こんな形してたんですね、ぼくたちの銀河って」

「これ、ぜんぶ星でできてるの？」

スピカの声は少し震えている。

「きれいだよね。ちょっと怖いけど」

ミオが言葉を添えた。

「ぼくらのホームってわけですね、この光の渦が」

アルファの声も心なしか神妙に響く。

「こうしてると、ぼくらが天の川銀河の代表団みたいな気分になりませんか」

「これまたスケールの馬鹿でかい話だな。せめて地球の代表団くらいにしとけよ」

「いいじゃない。銀河の代表団で」

天の川銀河を前にしたこの感覚。私はどこかで味わったことがある。どこだろうと考えて、思い当たった。

海だ。

だれもいない、波の音だけが聞こえる浜辺で、大海原に一人向き合ったときに、こんな気持ちになったことがある。怖くて、でも懐かしくて、包み込まれるような、不思議な安堵《あんど》感。

感慨に耽《ふけ》っている間にも、天の川銀河は離れていく。遠く、小さくなっていく姿が、哀しくて、寂《さみ》しくて、涙が出そうになった。

「さらば我が銀河よ」

ランスが芝居がかった調子でいうと、スピカが吹き出した。あらためて耳にして気づいたが、ランスの声は渋くてなかなかいい。目を瞑っていて容姿が見えないからよけいそう感じる、といったら気を悪くするだろうか。

小さくなった天の川銀河に代わって、星々の光が宇宙空間を彩りはじめた。

「いま見えてる星は、すべてM33銀河の星なんですね」

「M33ETIが見ていた夜空か」

眼前に広がるのは、一見、なんの変哲もない星空だ。ただし、オリオン座やカシオペヤ座などの見慣れた星座は一つもないし、なにより、中央には渦巻き型の天の川銀河がある。

あの小さな薄い雲のような光の中に、二千億もの恒星が輝き、その二千億の一つである太陽の周囲を、私たちが生まれるはるか以前の地球が回っている。私たちは、たったいま、気の遠くなるような時空を超えてしまったのだ。

「ここがM33銀河の中なら、どこかに天の川のような星の密集した帯が見えてもいいと思うんですけど、それらしいのはないですね」

「角度のせいじゃないか。あるとしても、おれたちから見てほぼ真横に……」

「どうしました」

「映像の縁。なにかおかしいと思わないか」

私も気づいた。

見えている空域の中で、上下左右の端に近くなるほど、光が短い間隔で一列に連なり、その連なりが無数に散らばっている。いや、ただ散らばっているのではない。天の川銀河を中心に放射線を描くように並んでいる。

「たしかに、星にしては妙な配置ですね。人工的というか」

「ちょっと待て。あの光は星じゃないぞ」

「え？」

「よく見ろ！」

ランスが声を荒らげた。

「あれは……窓だ」

そのときだった。

照明のスイッチが入ったかのように、映像の右側から強烈な光が射した。太陽のようなその光を浴びて浮かび上がったのは、白銀に輝く巨大な構造物の大群だ。群はかなりの広範囲に及んでおり、構造物がいくつあるのか見当も付かないが、少なくとも数百のレベルではない。数千か、数万か、それ以上か。

「なに、これ」

スピカが呆然とつぶやく。

「M33ETIの宇宙コロニー群、ってとこですかね」

タクトの声からも感情が抜け落ちている。

「だといいんだがな」

「どういう意味？」

「宇宙コロニーって形じゃないだろ、こいつら」

一つ一つは長細い円筒形をしているが、単純な筒ではなく、私たちのほうへ向いた端がゴブレットのように大きく開いている。筒の中央付近も獲物を呑み込んだ蛇のように膨らんでおり、光の漏れていた窓はここに集中していた。その膨らみを越えると、先に行くほど細くなっている。どことなくスポイトを思わせる形状だ。そして、その先端はすべて、天の川銀河のある空域を指している。

「宇宙船……ですか」

タクトがいうのとほぼ同時だった。

それぞれのゴブレットの口が光りはじめ、映像の縁がその光で青白く染まった。光はさらに宇宙空間を焼き尽くす勢いで強度を増していく。

「……なにが起こるの」

「まさか、な」

空間が波打つように歪んだかと思うと、大船団がいっせいに加速を開始した。

＊＊

「映像はそこで終わりました」

ミオさんが深く息を吐く。

「だいじょうぶですか」

僕は思わず声をかけた。ミオさんがとても疲れているように見えたからだ。しかしミオさんは笑みをつくり、だいじょうぶです、と答えて続けた。

「自分たちの見たものが信じられなくて、もう一度最初から見直そうとしましたけど、どんなに瞑想をしても、二度と映像は現れませんでした。それに、あれほどわたしたちを悩ませた声も」

「消えたのですか」

「はい」

レセプターがM33ETIからのメッセージを受け取っている、少なくとも彼ら自身がそう主張していることは知っていたが、M33ETIの宇宙船まで目撃していたとは、思いも寄らなかった。本当なのか、という疑念を抑えられない。

「しかし、あなた方は、動画では映像や宇宙船について言及していません。ただ、彼らからのメッセージが聞こえる、彼らは地球にやってくる、とだけ。なぜ映像のことをいわなかったのですか」

ミオさんが、少し間をおいてから、

「一つは、自分たちの見たものがあまりに突拍子もなくて、怯《ひる》んだというか、現実として受け入れ切れなかったからだと思います。それに、映像のことをいったところで、だれにも信じてもらえないだろうし、かえって逆効果になるという意見もありました」

たしかに当時は「M33ETIが地球に潜入している」「実際に会見した」「交信した」「電波信号を解読した」果ては「あの有名な俳優はじつはM33ETIだった」というめちゃくちゃな話まで飛び交っていた。「謎の波を受信して映像を見た」という程度では、大したインパクトも与えられず、またこの手の話か、とうんざりされて終わりだったろう。

「それでも、あなた方は、彼らが来ることを社会に伝えようとしました。動画を拝見するかぎり、真剣に、誠意をもって取り組まれていたように感じます」

ミオさんの瞳に光が灯《とも》る。

「あの映像が事実だとすれば、M33ETIは、三百万年前に、数万もの大船団を組んで、この地球に向けて出発したことになります。それを知ったわたしたちにできるのは、伝えることだけでした」

＊＊

「……参ったねえ」

長い沈黙を破って声を上げたのはランスだった。

「いちど最後まで見たら再生不可だったのか。そういうことは最初にいってくれよ。なあ、黒い仮面のジュニアさんよぅ！」

天井に向かって叫んだが、もちろん返事はない。

「やっぱりさ」

スピカが躊躇いがちに口を開く。

「わたしたち、夢でも見てたんじゃないの。あり得ないでしょ、あんなの」

「集団で同じ夢をかぁ？」

ランスの嘲《あざけ》るような物言いに、スピカが睨み返すが、

「それに、声が消えていることは、どう説明するんです」

タクトに畳みかけられると、力なくうつむいた。

「ただ、あんたの気持ちもわかるよ」

ランスが声音を和らげる。

「おれたち、とんでもないものを見ちまったんだもんなぁ。エイリアンが大艦隊を組んで地球に攻め込んでくるってんだから。ハリウッド映画の予告編かよって」

乾いた笑いが床に落ちる。

「あんなのが来たら、人類は終わりだ」

「ミオさんは、こうなることがわかっていたんですか」

ミオがびっくりしたように私を見た。ランス、タクト、アルファ、スピカの視線も感じる。

「……なぜ、そんなふうに思うの」

「初めて会ったとき、ミオさんは怖くなって帰るところだったといいました。私が、知らない人たちと会うことが怖いのかと聞いたら、ミオさんはそれ以外にもあるような口ぶりでした。だから、こういうものを見ることになるとわかっていて、それが怖かった

のかなと」

「さすがに宇宙船を見るなんて予想しなかったけど……」

　ミオが困ったような表情で続ける。

「……知らないほうがいいことを知ることになるかも、とは感じてた」

「それが、怖いんですか」

「だって、いちど知ってしまうと、知る前にもどれないでしょ」

「そう……ですね」

「知らないほうが幸せでいられることは、世の中にたくさんある。でも、知ってしまった以上は、それを引き受けるしかない。だから」

　ミオがみんなのほうを向いた。

「いま、わたしたちが考えなきゃいけない第一の問題は、なぜ彼らがわたしたちにさっきの映像を見せたのか、だと思います」

　重く沈んでいた空気に、ゆっくりと波紋が広がる。

「そうだな」

　ランスが顔を上げた。

「地球を侵略するつもりなら、電波信号やこんな映像を送ってくる必要はない。むしろ、相手に対策を施す時間を与えてしまうから、奴らにとっては不都合なはずだ」

「向こうも一枚岩ではないのかもしれませんね」

タクトがいった。

「地球侵略に反対する勢力がいて、密かに警告してくれているのかも」

「だがそうなると、こんなに長期間にわたって信号が続いているのは不自然じゃないか」

ランスの指摘に、タクトも険しい表情で、

「そうなんですけど……でも、あの数で押し寄せてくるのに侵略じゃないっていうのも無理がありませんか」

「じゃあ、仮に侵略だとしよう。その上で、おれがどうしても納得できないのは、なぜこの地球なのかってことだ」

ランスが右手で空をかき回すような仕草をしながら、

「M33銀河にも地球に似た惑星はいくらでもあるだろうし、近くには天の川銀河よりもはるかに大きいアンドロメダ銀河だってある。なのに、なぜ選りに選って、こんな離れた天の川銀河の、太陽のようなどこにでもある恒星の第三惑星に狙いを定めなきゃいけないんだ」

「でも、彼らなりに筋の通った理由があるはず、ですよね」

タクトにランスもうなずいて、

「だが、それがなんなのか、見当も付かん」

「いま、どのあたりでしょうか」

私はいった。が、意味が通じなかったらしく、みんなきょとんとしている。私はあわてて言葉を補う。

「M33ETIの船団です。三百万年前に出発したのなら、あとどのくらいで地球に到着するのかと思ったものですから」

「船の性能次第だが」

ランスが答えた。

「なんといっても三百万光年だ。ひょっとしたら一億年経っても到着しないかもしれないし、光の速さで移動できる宇宙船なら明日にも姿を見せる可能性だってある」

「しかし」

タクトが疑問を挟む。

「いくら彼らでも、光速の宇宙船を造ることが可能でしょうか。しかも、三百万光年の航続距離を耐え抜くものを」

「奴らに人類の常識は通用しないと思うぞ」

「素朴な疑問なんですけど」

久しぶりにアルファが口を開いた。

「六百万年前の地球には文明が存在しなかったですけど、いまはありますよね。彼らはそのことを知っているんですかね。いや、だとしたら、あらためて新しい信号を送ってきてもよさそうじゃないですか」

「地球の観測はずっと続けているはずだから、変化には気づいているでしょうけど」

とタクト。

「人類の出した電波も傍受してるとか」

このアルファの疑問にはランスが即答する。

「いや、人類が電波を使いはじめて百年ちょっとだろ。ということは、地球から漏れ出た電波は、宇宙を百光年くらいしか進んでいない。M33の三百万光年に比べれば、地球の庭先みたいなもんだ」

「じゃあ、向こうは人類が文明を築いていることをまだ知らないと」

「いや、必ずしも――」

そこまでいいかけたランスが、

「ああ、やめだ、やめだ！」

なにかをひっくり返すように両手を振り上げた。

「これ以上、仮定の話を重ねても意味がない」

「あの」

私は話をもどしたくていった。

「もし近いうちにM33ETIが来るとしたら、それをすでに知っている私たちはなにをすべきか、って話なんですけど」

「なにをっていわれても、ねえ」

不服げなスピカにランスも同調して、

「あんな連中に本気で攻めてこられたら為《な》す術《すべ》もない。少なくとも、いまの人類の科学レベルじゃあな」

私は大きく息を吸った。

「でも、信号を送ってきてるということは、やはり侵略ではなく、もっと平和的なコンタクトを求めていると考えるべきです。さっきはあなたもそういったじゃないですか」

ランスが、ぎろりと私を見てから、ミオに視線を移す。

「あんたは、どうしたらいいと思う」

ミオがわずかな間を置いて、

「元々、わたしたちがここに集まったのは、レセプターとしての役割を果たそうという呼びかけに応えてのことでした」

「あ、そうだった」

アルファが他人事《ひとごと》のようにいった。

「しっかりしてくれよ、発起人」

「すみませーん」

ランスとアルファのやりとりが終わるのを待って、ミオが続ける。

「電波信号の解読はできてませんけど、映像は見えました。だったら、不用意な臆測《おくそく》は控えて、映像から得られた情報だけを、広く社会に伝えることが、レセプターとしてのわたしたちの仕事だと思います」

ランスがミオを見つめる。

「よけいな解釈を加えず、物事を可能なかぎりシンプルに捉えろってことか」

「はい」

ランスがゆっくりとうなずいて、

「たしかに、この場合は、それがいちばんいいかもな。おれたちの浅い思慮をこねくり回すよりは」

ミオが、どうかしら、という目を向けてきた。私がうなずくと、ほっとしたように笑みを見せる。

「ぼくも賛成です」

タクトがいうとアルファも、

「当然、ぼくも」

「スピカ。あんたはどうだ。嫌なら遠慮なくいえよ」

「呼び捨てはやめて。あなたと友達になったわけじゃないんだから」

「こりゃ失礼。それで？」

「べつに反対はしないけど」

部屋の電話が鳴った。

アルファが素早くとった。

「……はい、こちらも終わりました」

「ジュニアの気障《きざ》野郎、やっぱり盗聴してやがったな。タイミングが露骨すぎるわ」

受話器をもどしたアルファが笑いながら、

「たまたまですよ。ちょうど二時間ですから」

ほどなくもどってきたジュニアは、部屋に入って私たちを見るなり、おや、という顔をした。

「それでは、結果を聞かせていただけますか」

「その前に」

ランスがいった。

「あんたたちはどこまで知ってるんだ」

ジュニアがアルファに目を向けて、

「見えたのですか」

アルファがうなずいて、

「人類の命運に関わるものが」

ジュニアが伏し目がちに口元を引き締めてから、

「わかりました」

と目を上げた。

「お話ししますが、まずみなさんの見たものを、可能なかぎり正確に教えてください。

というのも、私が先に話してしまうと、その内容がみなさんの記憶に影響を与えてしまう恐れがあるからです。みなさんの記憶だけが頼りなのです」

＊＊

「ミオさんたちの提供した情報が、その後、どこでどのように活用されたのか、ご存じですか」

「いえ。あの日以来、ジュニアからは連絡がありません」

いまに至るまで、M33ETIの宇宙船に関する言説が、公の場で取り上げられたという記録はない。もっとも、彼らの目的が地球侵略だとわかったところで、対策など立てようがなかったろうが。そもそも、数万の宇宙船団が三百万光年の時空を超えて地球にやってくること自体、信じがたい。ランスという人の言葉ではないが、まるでハリウッド映画かSF小説だ。

仮にそれが事実だとして、船団が地球に到達するのにどれほどの時間がかかるのか。光速の十パーセントまで加速できたとしても（それすら人類にとっては夢のまた夢だが）三千万年だ。M33ETIの手を借りずとも人類はとっくに滅亡しているのではないか。

さらに謎なのは、これもランスが指摘していたようだが、なぜこの地球なのか、という点だ。M33やアンドロメダ銀河だけではない。ごく小さなものまで含めれば、彼らの周辺には数千を超える銀河が漂っている。選択肢はそれこそ星の数ほどあったはずなのだ。天の川銀河の地球でなければならない理由が、まったく思い当たらない。

「ミオさんたちは、M33ETIが地球に向かっていることを、動画を作って社会に訴えました。しかしながら、成果があったとは言い難いと思います」

「おっしゃるとおりです」

ミオさんの顔に、寂しげな影が射す。

「わたしたちのレセプターとしての活動は、二年ほどで終わりました」

「なぜ止めたのですか」

「いちばんの理由は、モチベーションを維持できなくなったことです」

ミオさんの眼差しがこちらを向く。

「手応えの感じられないことを続けるのは難しいものです。宇宙船が現れる兆候もなく、シグナルのことも次第に話題に上らなくなる状況では、自分たちのやっていることが無意味に思えてきてしまうのを避けられませんでした」

「先ほどのお話からは、モチベーションの源泉となったのはレセプターとしての使命感であったように思いました」

「いまから振り返れば、使命感が空回りして焦りを生み、焦るあまりに燃え尽きてしまったのかもしれませんね」

「シグナルが確認されて十七年経った現在も、M33ETIは地球に現れていませんが、自分たちの見たものが事実であると、いまでも信じていますか」

「……はい。事実だと、いまでも信じています」

ミオさんが挑むように僕を見つめる。

「愚かなことだと思われますか」

僕は首を横に振った。

「M33銀河までの距離を考えれば、一万年だって誤差の範囲です」

ミオさんの目元が和らいだ。

「ランスも似たようなことをいいました。これは人間一人の寿命の中で背負えるものじゃないんだと」

ランスという人物への興味が抑えようもなく膨らんできた。当時四十代とすれば、いまは六十歳前後か。どんな人なのだろう。できれば彼にも話を聞きたい。

「活動停止後、みなさんとお会いになったことは？」

「連絡は取り合っています」

「いまでも？」

「不思議ですよね。さすがに仮面は外しましたけど、互いの本名や素性は知らないままですから。わたしにとって彼らは、あくまでレセプターのランス、ケイ、スピカ、タクト、アルファであり、彼らにとってわたしはミオなんです」

「一連の体験を共有するうちに、ミオさんたちの間に分かち難い絆《きずな》のようなものが生まれていたのですね」

「そういうことになるんでしょうか」

続けてミオさんが思いがけないことをいった。

「じつは今回、芦川さんの呼びかけに応じたのも、わたしの一存ではなく、みんなと相談して決めたことです」

第二章　REIMS《ランス》

着信したコールはミオからだった。そろそろ来るころだと思っていた。

私は手を休め、

「どうだった」

前置きなしで切り出した。

『思ってたとおりの人だったよ』

ネットでの呼びかけを見つけ、一度会ってみたらどうか、といい出したのはミオだ。芦川翔《あしかわしょう》というライターの記事をいくつか読んでみたが、確定した事実とその事実から推定される仮説、そしてそれに対する個人の意見を混同することなく書かれており、いたずらに感情を煽《あお》るものもない。この人ならばちゃんとした記事にしてくれるのではないかと。最後まで渋ったのはスピカだが、「ミオの見立てに間違いはない。任せようぜ」とのランスの一声で折れた。

『ただね……』

スピーカーから聞こえるミオの声が鈍る。

『ランスにもぜひ会わせてほしいって、頼まれちゃって』

「だってランスは……」

その先の言葉が喉《のど》につかえた。

『とりあえず、本人に伝えますと答えておいたけど』

いまも私はミオの本名を知らない。どこに、だれと住んでいるのか。結婚しているのか。子供はいるのか。仕事はしているのか。そして、どんな人生を歩んでいるのか。なにも知らない。スピカ、ランス、タクト、アルファについても似たようなものだ。それでも私たちは、かけがえのない仲間だった。あの映像をともに見てしまい、レセプターとしての責任を果たすために精一杯、行動したのだから。それがまったく報われることなく終わったとしても。

「ランスにはこれから？」

『その前に、スピカにも一言いっておかないと』

「彼女、絶対に反対すると思う」

『でも、ランスはきっと乗り気になる』

「……そうだね。ランスなら」

私は重くなりそうな気持ちを振り払うように続けた。

「タクトとアルファには私から伝えておくね」

『お願い』

通話を終えて、私はゴミ出しの準備を再開した。燃えるゴミをまとめるのは前日の夜と決めている。朝にそんな余裕はない。とはいえ、一人暮らしで、寝るためだけに戻ってくる部屋では、ゴミの量も高が知れているが。

ゴミを指定の袋に詰め、ドアのところに置いてようやく一息吐く。使い古したシングルベッドに腰掛け、タクトとアルファに送るテキストを入力する。二人は電話にはまず出ないから、連絡を取るときはいつもこれだ。以前はSNSでクローズドのグループを作って情報交換していたが、五年ほど前に当該サービスが終了してからは、個々にやりとりをするようになった。いまのところ不都合はない。

タクトとアルファに送信し、さて寝るかとアイマスクに手を伸ばしたとき、ふたたびコールが着信した。珍しいことに、いまテキストを送信したばかりのタクトからだ。

『ランスに会わせる気？』

責めるような響きがあった。

「本人次第だけど」

私は努めて冷静に返した。

タクトが、心を静めるように間を置く。

『……そうか。そうだよな。本人が望むのなら、ぼくたちがどうこういうことじゃないもんな』

いつものタクトにもどっていた。こういうところはさすがだ。

『でも、ほんとに信用できるの？　その芦川ってライター』

「実際に会ってきたミオがそういってる」

『……だったら納得するしかないか』

「問題はスピカだね」

『少しは落ち着いたの、彼女』

「そうでもないみたい」

『そうか……』

また沈黙が流れる。

『とにかく、知らせてくれてありがとう』

「また近いうちに会おうね、みんなで」

『うん、そうだね』

「じゃ、おやすみ」

『おやすみ』

通話を切ったあと、しばらくぼんやりしてから、ベッドに横たわった。照明を落とし、アイマスクを着ける。調子のいいときは、一分もしないうちに眠りに落ちるが、十分経っても目が冴《さ》えているときは、二時間はその状態が続くことを覚悟しなければならない。

「あれは夢だったんじゃないかって思うこと、ない？」

何年か前、タクトがふと漏らしたことがある。みんながいっしょではなく、たまたま私と二人だけになったときだ。

「あれが事実だとしたら、いま人類は滅亡の危機にあるわけだけど、自分の身の回りを見渡しても、そんなのぜんぜん感じられない。電車で通勤したり、住宅ローンの残り年数を数えたり、町内会のイベントに参加したり、子供を保育園に送ったり、そんな毎日が、ある日とつぜんエイリアンの宇宙艦隊が来襲して断ち切られるなんて、ちょっと信じられない」

「タクト、子供いるんだ。っていうか結婚してたんだ。っていうか家買ったんだ！」

私がからかうようにいうと、あっという顔になって、

「ごめん。私生活のことはいわない約束なのに」

「いいよ。私はどれも未経験だけどね」

このとき、知り合って十年は経っていたはずだ。タクトの誠実な人となりを思えば、結婚して家庭を持っていてもおかしくない。あの若さで家まで買っていたことには驚かされたが。

「なんていうか、いまぼくの目に見えている日常と、あのときみんなで見た三百万光年彼方《かなた》の映像が、同じ世界の現実だと思えない。頭の中で、二つがどうしても結びつかないんだ」

「私の場合は、夢というより、昔見たSF映画のような感じかな。記憶にはあるんだけど、リアルじゃなくなってる」

「だったら、ぼくたちがこうして会うことに、なんの意味があるんだろう」

レセプターとしての活動は、いまに至るまで休止したままだ。それでも連絡は欠かさないし、本名こそ明かさないものの、このときのタクトと私のように曖昧《あいまい》にではあるが、互いの近況を伝え合うことだってある。

「私たちがどう感じるにせよ、あの映像は幻なんかじゃなかった」

私はいった。

「きょうと同じような明日が来ることを、当たり前みたいに感じるけど、私たちが思っているよりも、日常って簡単に壊れるんだと思うよ」

「それはわかってるつもりなんだ。事故や災害は思いがけないときにやってくるし、犯罪やテロに巻き込まれることだってある。それはわかるんだけど……」

タクトが考え込むように沈黙してから、

「……やっぱり、信じたくないってことなのかなあ」

信じたくない。

見なかったことにしたい。

それは、私たち六人が、あの日からずっと心の奥底に持っている感情だ。しかし、見てしまった以上は、目を逸《そ》らすことは許されない。見なかったことにするには、あまりにも事が重大すぎた。

「万が一その日が来ちゃったとき、私たちにできることが、なにかあるかもしれない」

私はタクトを見つめる。

「その日に備える意味でも、互いの連絡を絶やさないようにしておく。ミオの言葉を借りれば、それが、レセプターとして選ばれた私たちの責任なんだと思う」

タクトが遠い目をした。

その目になにを見たのだろう。

「願わくは、来てほしくないな、そんな日は」

と静かにいった。

そうだね、と私は応《こた》えてから、

「でもね」

と続けた。

「M33ETIが敵対的とは限らないよ」

タクトが眉《まゆ》を上げる。

「ケイは、彼らが平和的なコンタクトを望んでいると、いまでも思ってるの？」

「シグナルを送ってきたり、私たちにあの映像を見せたりしたことを素直に解釈すれば、そうなるでしょ」

呆《あき》れた顔をするタクトに、私はいたずらっぽく微笑んでみせた。

「案外、人類の救世主になったりしてね」

私はアイマスクを外して飛び起きた。

何年も前に軽い気持ちで発した言葉が、思い出すことさえなかった言葉が、いまになって大きな意味を帯びていたことに気づく。

「……救世主」

＊

ミオさんへのインタビューを終えた僕は、文章にまとめる作業に取りかかった。録音したものを繰り返し聞いたり、書き起こしたものを読み直したりするうちに、掘り下げて取材しなければならないことが見えてくる。

正直にいうと、M33シグナルにレセプターが存在するという話は、僕にとって全面的に受け入れられるものではなかった。半信半疑、というより、ちょっとだけ〈疑〉のほうが優勢だった（ミオさん、ごめんなさい）。だって、M33ETIが電波シグナルのほかに〈謎の波〉を送ってきていて、一部の人間だけがそれを音声として捉《とら》えることができて、そういう人たちが一カ所に集まると映像が見える、なんて、どんな原理と仕組みになっているのか想像もつかない。

でも、まるきり信じなかった、というわけでもない。僕に想像できないからといって、実現不可能ということにはならないからだ。いま身の回りに普通にあるデバイス一つとっても、二百年前の人からしたら、どうやって動いているのか想像できないだろう。レベルの違いすぎる科学は魔法に見える。だから、M33レセプターの存在を否定するつもりはなかったし、むやみに否定すべきではないとも思った。

とはいうものの、だ。

今回の仕事のテーマは、あくまで科学的な再検証である。〈謎の波〉はたしかに興味深いが、人類の科学水準はそれを検証できるレベルにはまったくない。ミオさんの話に登場したものの中で、かろうじて扱えるとすれば、M33ETIの宇宙船くらいだろう。

というわけで、ここからが本題。

仮にミオさんたちの見たものが真実であるとしよう。M33ETIの大船団は、少なくとも三百万年前には地球へ向けて出発したことになるが、地球にはいつ到達するのか。これは、ランスたちが論じたように宇宙船の性能次第だが、さし当たって考えなければならないのは、光速に近い速度でやってくるケースだ。

光速より遅ければ、地球に来るとしても数百万年、数千万年、場合によっては数億年も先のことであり、いま僕たちが心配しても仕方がない。しかし、光速、あるいはそれ以上の速度となると事態は深刻だ。早い話、明日にもM33ETIの宇宙船が地球の空を埋め尽くすことだってあり得る。

はっきりさせておかなければならないのは、光速を超える速さでやってくる可能性の有無だ。これが可能ということになると話が相当ややこしくなる。人類の常識が通用しないといっても、同じ宇宙にあれば物理法則は共通のはず。相対性理論によれば、この宇宙で光速を超える移動は不可能だ。相対性理論は不完全で、M33ETIは相対性理論を超える完全な理論を発見しており、その理論では超光速移動も可能になっている、ということが絶対にないとはいえないが、そこまで行くと収拾がつかなくなるので、ここは強引に「たとえM33ETIでも光速を超える移動は無理」としておきたい。

この手のことに詳しい知り合いにも聞いてみたが、みな同じ意見だった。SF映画やアニメに登場するワープだの超光速航法だのもフィクションであり、現実には不可能とのことで、相対性理論とりあえずは万歳だ。そうしてあらためて、M33ETIの宇宙船が光速あるいはそれに近い速度を出せるかどうか、という問題に立ちもどる。

ブレイクスルー・スターショット計画をご存じだろうか。切手サイズの超小型探査機に一平米ほどの薄い帆を取り付け、地上からこの帆に強力なレーザーを当てて光速の二十パーセント、秒速にして六万キロまで加速させてケンタウルス座α星（地球から約四光年）まで二十年かけて飛ばすという壮大な計画だ。しかし、プロジェクトの発表からすでに二十年以上経っているが、いまだ実現には至っていない。人類の科学技術のレベルはまだその程度で、吹けば飛ぶようなものを光速の二十パーセントまで加速させることすらできないでいる。では、人類のはるか先を行くであろうM33ETIはどうか。巨大な宇宙船を光速まで加速させることができるのだろうか。

この点についても知り合いの専門家に尋ねたが、結論を急ぐと「可能性は小さいがゼロではない」となった。まあ、M33ETIの文明レベルがわからない以上、専門家でも、というより専門家だからこそ、こういう言い方しかできないわけだ。

光速航行を実現するには、推進エンジンの開発以外にもさまざまな課題があり、人類の科学水準ではとうてい解決できそうにないものも多い。でも何度もいうけど、だからといってM33ETIにも不可能だということにはならない。光速航行くらいできなけりゃ三百万光年先の惑星を目指そうとは考えない、と僕なんかは思うが、M33ETIがどう考えるかはわからない。

ここで誤解する人がいるかもしれないので断っておくが、光の速さの宇宙船で三百万年かかるからといって、M33ETIが宇宙船の中で三百万年も過ごすわけではない。光速に近づくほど時間の流れが遅くなるからだ。地球に到達するまでに宇宙船の中で経過する時間は、最高速度や加速度などによって大きく変わってくるが、おそらく数十年から数百年といったところだろう。

さて、光速で移動してくるとなると、M33ETIはいつ地球に現れてもおかしくない。そこで重要になってくるのが、彼らの目的だ。

ランスが指摘したように、目的が侵略とするとM33シグナルを送ってきている意味がわからない。しかしタクトのいうように、平和的なコンタクトと考えるには宇宙船の数が多すぎる。

ここはやはり、M33ETIの目的は地球への移住である、とするのがいちばん無理がない。なぜ地球なのか、という問題はひとまず置く。M33ETIは、自分たちが到達する前に、地球で知的生命が文明を築く可能性も視野に入れていたのではないか。そこに、M33シグナルを送り続けている理由がある。

僕の仮説はこうだ。

M33シグナルでは、自分たちがあくまで平和的な共存を望んでおり、侵略の意図はないことを伝えようとしている。そして、このシグナルを解読できた場合は、ただちに返信するよう要求している。

もしシグナルを解読して返信できるほどの知的生命であれば、核などの大量破壊兵器は開発済みであり、戦闘に訴えるにはリスクが高いとM33ETIは判断するだろう。この場合のリスクには、M33ETIが被る損害だけでなく、地球環境へのリスクも含まれる。彼らが地球を移住地と定めたのは、六百万年前の地球の環境が彼らにとって好適だったからだ。三百万光年もの距離をはるばるやってきたのに、核兵器による放射性物質で肝心の環境を汚染されては元も子もない。だから、シグナルが解読された場合は、戦闘オプションをいったん保留し、共存の道を模索するのではないか。逆にいえば、シグナルを解読できないと、人類は知的生命と見なされず、問答無用で攻撃される恐れもある。

僕の仮説が正しい場合、M33ETIの宇宙船は光速に近い速さでやってくる可能性が高い。宇宙船が到着する何百万年も前にシグナルを送っても意味がないからだ。シグナルが地球に届いている以上、彼らはとっくに天の川銀河に入り、太陽系の近辺まで来ていると考えなければならない。そして減速しながら刻々と地球に迫りつつある。人類の命運は、M33ETIが地球に到達する前に、シグナルを解読して返信できるかどうかに懸かっている。

——いかがだろう。筋は通っていると思うのだが（もちろん、すべてはミオさんたちの見た映像が真実であるという前提での話なんだけど）。

偶然にも、この仮説を立てた一ヵ月ほど後に、M33シグナル解読成功のニュースが飛び込んでくることになるのだが、その報に接した僕が思わず「人類は救われた！」と叫んでしまって周りから変な目で見られたのも、こういう事情があったからである。

閑話休題。

話を一ヵ月前にもどそう。

ランスが会ってもいいといっている。

ミオさんからその連絡が入ったのは、インタビューの三日後だった。

＊

十七年という歳月は、人とその人の生きる環境を大きく変えるのに十分だ。

たとえば私。ミオたちと出会ったころは十九歳の学生で、両親といっしょに暮らしていた。人見知りをする質《たち》で友達も少なかったが、声の消えたあの日を境に少しずつ周りの人とも話せるようになり、初めての恋人までできた。卒業と同時に一人暮らしを始め、いくつか職を経験した後に思うところあって大学院に入り、臨床心理士の資格を取った。それから小学校のスクールカウンセラーを三年ほど務め、いまは総合病院の医療相談室でソーシャルワーカーとチームを組んでクライアント（患者やその家族）の援助に当たっている。最初の恋人とは二年ほどで別れ、その後もそれなりに出会いはあったものの結婚には至らず、喜ぶべきか嘆くべきか、いまでは独り身を楽しむ余裕まででききてしまった。人とうまく話せなくて悩んでいた十七年前には、想像すらできなかった自分を、いま私は生きている。

私たち六人の中でいちばん変わっていない、少なくとも私の目にそう映るのは、ミオだ。年齢を重ねても相変わらず穏やかで、可愛らしくて、しかしその言葉はときに鋭く核心を突く。よく私は、どんな人生を送ったらこういう人になれるのだろう、と夢想する。性格のとおり穏やかな人生だったのかもしれないし、たいへんな苦労を乗り越えてきたのかもしれない。

変化がないといえば、タクトもそうだ。親から愛情をたっぷり注がれてきたと感じさせる男性だったが、その印象は今日に至るまで変わらない。途中、その彼に落ち着きが加わったように感じたのは、結婚して家庭を持ったせいだったようだ。

スピカは大きく変わった。外見とか性格の話ではない。彼女が変わったのは、ランスとの関わり方だ。

この二人の出会いは最悪だった。なにしろスピカが、ランスを名指しも同然に「こんな人と同じ空気を吸いたくない」とはっきりいったくらいなのだから。さすがにそこまで酷《ひど》い言い方はしなくなったが、ランスに憎まれ口を叩《たた》くことはいまでもやめていない。だから表面上は、なにも変わっていないように見えるかもしれない。

ただし、いま彼女がランスに投げる言葉は、文字面のきつい割りに明るく響き、端で聞いていて不快になるものではなかった。まず当のランスからして楽しんでいるように見える。たぶんスピカにも、それを承知でやっているところがある。

この二人、じつは仲がいいのだ。私たちが最初にそう確信したのは、ランスが珍しく趣味のいいネクタイを締めて現れたときだった。スピカがいつものように腐すかと思ったら、ちらと一瞥《いちべつ》したきり、笑みを堪《こら》えるかのような気配を口元に漂わせる。妙な空気に察したのか、聞かれてもいないのにランスがいった。

「ああ、このネクタイな、スピカがくれたんだ」

断言してもいいが、二人の関係は恋愛じみたものではない。それはあり得ない。かといって友達とも少し違う。強いていえば、疑似的な父娘関係みたいなものだろうか。スピカは、自分がどんな悪態を吐いてもランスは怒らないと信じ切っているし、ランスもその期待に応えている。これは私の勝手な想像だが、もしかしたらスピカは、父親を病気か事故で早くに亡くしているのかもしれない。

しかし、いちばん変わったのはアルファだろう。まず太った。アルコールもかなり飲むらしく、十七年前は若さが弾《はじ》けるようだった彼も、いまでは肌も荒れ、実年齢より老けて見える。最近は、みんなで会う機会をつくっても滅多に顔を出さないし、テキストを送っても返信のないことが多くなった。私たちも気にはしていたのだが、互いの私生活にむやみに踏み込まないのがルールなので、できることは限られている。

そのアルファから久しぶりのコールが着信したのは、芦川というライターをランスに会わせることになったとテキストで報告した日の夜遅くだった。

『もう、やめようよ！』

スピーカーから、いきなり喚《わめ》き声が響いた。

『十七年だよ十七年。十七年間、なにも起きなかったじゃん。宇宙船も来ないし、新しいシグナルも見つからないし、M33のエイリアンのことなんかもうだれも話題にしない。なのに、おれたち、なにやってるんだよ！』

ひどく酔っている。酒の臭いが漂ってきそうだ。

『無駄だったんだよ。無駄、無意味。おれたちのやったこと、ぜーんぶ。おれたち、ずーっと幻に縛られてきたの。だからもういいじゃん。じゅうぶんじゃん。解散しよう。M33シグナルのレセプターは解散。もうおれたちは他人。ねえ、そうしよう。それでいいよ。ねえ。……おれだって責任感じてるんだよ。いちおう発起人だからさ。おれが変な気おこしてあんな動画上げなきゃ、あんな映像見なくて済んだんだよ。みんなの時間を無駄にしなくて済んだんだよ。なにが全人類のために働きましょうだよ。おれ……ただの役立たずのゴミじゃん』

「でも、みんな、あの声に悩まされなくなったよ」

私は、努めて冷静に返した。こういうときは、下手に感情をシンクロさせないほうがいい。

「それに、いまさら他人にならなくてもいいでしょ。これだけ長く付き合ってきたんだし。こんな知り合い、ほかにできないよ」

アルファが乱れた呼吸を繰り返す。外にいるのか、街の喧噪《けんそう》が漏れ聞こえてくる。

「もしかしたら、もうすぐM33シグナルの内容だってわかるかもしれない。そうしたら――」

『おれは知りたくない』

アルファが低い声でいった。

『解読されたら、おれたちの見たものが、シグナルとぜんぜん関係なかったってことになるかもしれない。ほんとのほんとに無駄だったって。だったら、このままがいい。なにもはっきりしないままでいい。それに、シグナルそのものが、なにかの間違いだったらどうする。M33シグナルなんてものは最初からなかった、単なる自然現象だった、エイリアンもいなかったってことになったら……』

「そんなことにはならない」

『なったらどうするんだよ！　そうなったら、おれたちの見たものはなんだったんだ。おれたちのやったことはなんだったんだ。この十七年はなんだったんだ。いつ奴らの宇宙船が現れるか、いつ世界の終わりがやってくるか、びくびくしながら過ごしてきたんだよ、十七年、ずっとさ。いまだって……。それに……奴らが、もうすぐ、ほんとうに来るってわかったら』

語尾が細く震える。

『おれたち、どうすりゃいいんだよ』

「アルファがそんなに怖がっていたとは知らなかったよ」

私は静かにいった。

『ケイは？　怖くないの』

「だって私、M33ETIは平和的なコンタクトを求めてると思ってるから」

『あ、そうか。そうだった』

「最近はね、もしかしたら彼らが人類の救世主になるかもしれないと思ってる。だから、一日でも早く地球に来てほしいくらい。それでいろんな分野が一気に進歩して、いま治らない病気も治るようになれば、ランスだって――」

自分でいっていて急に虚《むな》しくなってきた。耐え難いほどに。

「なぁんてことにはならないか」

強引に笑い飛ばした。

私もどうかしている。

『……ごめん』

アルファの声に、少しだけ落ち着きがもどっていた。

鼻をすする音がした。

『ランスの容態は？』

「いまはいったん退院して、通院治療してる」

『スピカは大丈夫？』

「いまのあなたよりはね」

アルファが弱々しく笑った。

『なんか、おれ、すごくきまり悪いんだけど』

「たまには集まりに顔出しなよ。みんな心配してる」

『ケイ』

「うん」

『なぜ君はそんなに強いんだ』

私はふっと息を抜いた。

「切るよ。おやすみ」

＊

眼鏡を外して目を閉じた顔を、少しだけ上に向ける。そこに、風に揺れる木の葉が、いくつも影を落とす。持ち上げられた顎《あご》の下には、かつて豊かな脂肪が蓄えられていたのだろうが、いまやほとんど使い果たされ、萎《しぼ》んだ皮膚だけがその名残を伝えている。痩《や》せた顎をうっすらと包む髭《ひげ》は真っ白で、大きな頭部にまばらに残る髪にも色はない。そして、黄色みを帯びて黒ずんだ顔色は、彼が最後の闘いに敗れつつあることを示していた。

芝生の緑がきらめく円形の広場では、親に見守られた子供たちが、歓声を上げながら追いかけっこをしたり、サッカーボールを蹴《け》り合ったり、それぞれの時間を楽しんでいる。その広場を囲む歩道に置かれたベンチの一つに、僕とランスさんは座っている。

「とんでもない時代になったと思ったねぇ」

ゆっくりと広がった笑みが、ランスさんの顔に深い皺《しわ》を刻んだ。

眼鏡をかけ直し、あらためて広場に目を向ける。

「子供んときに空想の世界でしかなかったことが、現実になったんだからさぁ」

最初の質問は決めていた。十七年前、M33シグナルが発見され、地球外知的生命の存在が確認されたとき、ランスさんはどう感じましたか。その答えがこれだ。

「あんた、そんときいくつだった」

「僕は十四歳でした」

「どう思った」

僕は息を吸い込んで空を見上げた。

「ものすごいことが起きたと思いました。猛烈に興奮して、興奮しすぎて、その夜は一睡もできませんでした」

「だよなぁ」

顔色に比べれば、声にはまだ力がある。それがほんの一時的なものなのか、とりあえず小康状態を維持しているのか、僕には判断できない。

「おれはもう四十超えてたけど、それでも興奮したもんなぁ。とてつもない瞬間だった。間違いなく、人類史上、最大の発見だった」

僕は大きくうなずく。

「ほんとうに、そうだと思います」

「でも会社じゃ、そんな話できなくてさぁ。同僚に、宇宙人ってほんとうにいたんだなって話振ったら、こいつなにいってんだ、て顔されたよ」

ランスさんが気の抜けた笑いを漏らす。

「どうでもよかったんだよな、あいつらにとって。三百万光年先に宇宙人がいようがいまいが。目の前の数字のほうがよっぽど大切だったんだ。ニュースを見せても、どうせ嘘だろって、端《はな》から信じようとしないのもいたし」

「僕も、クラスメイトにこの発見の凄《すご》さを伝えようとしたんですが、僕に語彙《ごい》力がないせいか、いまいち伝えきれなくて。もどかしい思いをしました」

「はは、あんたもか」

小学生くらいの女の子が二人、楽しそうに笑いながら、僕たちの前を駆け抜けていった。二人とも素晴らしく足が速い。

心地よい風が吹いた。

空はどこまでも青く透き通っている。

今回、インタビューの時間は最長でも三十分ということになっていた。限られた時間を有効に使うには、聞きたいことを事前に整理しておくことはもちろん、質問の順番も考えておかなければならない。次は、M33シグナルをあの声と結びつけた理由を尋ねる予定だった。

でも僕は、この空を見て、用意してきた質問をすべて忘れることに決めた。

「あんた、宇宙のこと詳しいのかい」

僕が黙っていると、ランスさんのほうから聞いてきた。

「専門家ではないので、それほど詳しいわけでは」

謙遜《けんそん》ではない。サイエンスライターには科学の素人であるという自覚が必要だ。科学の最先端は日々書き換えられている。自分はこの分野ならばよく知っている。そう思った瞬間から取り残される。

「あれ、ほんとうなのか。宇宙の果てに、別の宇宙への通路が見つかったってのは」

「ああ、あれは通路ではなく、ぶつかった痕跡《こんせき》みたいなものだそうですよ」

宇宙は一つではない。ぶくぶくと泡のように生まれていて、僕たちの宇宙もその中の一つに過ぎないとされている。多元宇宙論というやつだ。それぞれの宇宙は異なる物理法則に支配されており、星や銀河の様相もまったく違っているだろう。しかし僕たちがそれら別宇宙を観測することは不可能だ。

ところで、天体までの距離が長いほど、僕たちは遠い過去を見ていることになる。天体の光が地球に届くまで、それだけ時間がかかるからだ。たとえば、M33銀河は三百万光年離れているから、いま見えているM33銀河は三百万年前の姿だ。そしてこの宇宙は、約百四十億年前にビッグバンによって誕生した。ということは、百四十億光年先には、ビッグバンそのものの光景が広がっているはずだ。

しかし実際には、ビッグバンをそこに見ることはできない。誕生した直後の宇宙は、強烈なエネルギーのために濁っていて、光を通さなかったからだ。熱が三〇〇〇K（ざっくり三〇〇〇℃くらいと考えてもらってOKです）ほどまで冷えて宇宙が透明になり、ようやくその中を光が進めるようになったのは、ビッグバンの三十七万年後だったことがわかっている。百四十億光年先に広がるのは、このときの光景だ。そしてそれが、僕たちが見ることのできる、最も古い宇宙の姿でもある。現在、天球上の全方向にマイクロ波として観測される、このビッグバンの残照が〈宇宙背景放射〉といわれるものだ。

二十年ほど前、この宇宙背景放射の一部に、奇妙な領域が存在することが判明した。そこにあるはずのない強い光が確認されたのだ。しかもその光は、僕たちの宇宙が初期に放ったと考えるにはあまりにも異質だった。

この領域を発見した科学者は、これはビッグバン直後に別宇宙と衝突した痕跡であるとの説を提唱した。異質な強い光は、ぶつかった衝撃で隣の別宇宙から入り込んだものであると。

当然ながら、この説には異論が噴出した。仮説としても飛躍し過ぎているし、根拠も弱かったからだ。検出された強い光については、宇宙空間のダストによるものではないか、との説が有力だった。

ところが数年後、最新装置を用いた観測によってダスト説が否定され、さらにその光は僕たちの宇宙とは物理法則の異なる環境でしか発生し得ないことが証明された。その後も、隣宇宙衝突説を補強する観測データが相次いで得られ、いまでは隣宇宙衝突説が多数派を占めるまでになっている。

「なんだ、そこを通って別の宇宙に行けるんじゃないのか」

「まず不可能です。百四十億光年先に痕跡を観測できるというだけで、そこがこの宇宙の果てというわけではありませんから」

「M33ETIでも無理か」

「おそらく」

ランスさんが悔しそうに空を睨《にら》む。

「でもよぅ、いつかは行けるんじゃねえか。おれたちが夢にも思わないような方法でさ」

「そうなったら、とんでもない宇宙の秘密が明らかになるかもしれませんね。僕たちの宇宙に関する知識が、じつはぜんぶ間違ってたってことになるかも。楽しいでしょうね」

ランスさんが僕を見る。

「楽しいか？」

「自分の常識がひっくり返るのって、楽しいじゃないですか」

僕が答えると、短く笑って目を広場にもどす。

「そうだな。きっと、楽しいな」

「はい」

「その前に、M33からやってくるエイリアンに滅ぼされなきゃいいが」

僕も広場に目を向けた。

さっきよりも子供の数が増えている。みんなエネルギーの塊みたいだ。だれかのお母さんだろうか。大きな声が子供の名前を呼んだ。

「M33ETIは地球を侵略すると思いますか」

「だって見ちまったんだぞ、おれたち」

「でも、彼らはシグナルを送り続けています。単に侵略が目的なら、そんなことはしないんじゃないでしょうか」

「おれも最初はそう思った……というより、思いたかったが、やっぱり無理がある。なんといっても、あの宇宙船の数だ」

「そうでしょうか」

ランスさんがにやりとした。

「あんたは、どう思うんだ」

いつもなら、インタビューする身で自分の仮説を披露するなんてみっともないことはしない。でも、きょうだけはその禁を破ることにした。

「あのシグナルは、M33ETIのかけた保険みたいなものだと思います」

M33ETIの目的は地球への移住だが、自分たちが到着するまでに現地で文明が誕生するケースも想定していた。M33シグナルは、その文明のレベルを測るためのものではないか。

僕の仮説を一通り説明すると、ランスさんが眉根を険しくして天を仰ぐ。

「それならよぅ、シグナルの内容は降伏勧告でもいいんじゃねえか。共存なんて生温《なまぬる》いもんじゃなくてさ」

「最初から敵対的な姿勢を前面に出したら、相手を警戒させてしまって、リスクが増すだけです。彼らがいちばん避けたいのは、地球の環境が汚染されて、三百万光年の旅が無駄になること。不測の事態を避けるためにも、まずは平和的な共存の意思を示すのが妥当かと思います」

「甘いんじゃねえかなぁ」

ランスさんが挑発的な視線を向けてくる。

「奴らなら、地球上のすべての兵器を一瞬で稼働不能にするくらい、簡単にできると思うぜ。彼我の差は圧倒的だ。わざわざ異種族との共存なんて面倒な手間をかけなくても」

「たしかに科学力の差は歴然でしょう。でも、彼らはけっして好戦的ではないはずです」

「ほう」

ランスさんが大げさに目を丸くする。

「なぜそういえる」

「M33ETIも、過去に人類と同じように大量破壊兵器を開発していると考えられます。もし彼らが戦闘による迅速な解決を好む種族であったなら、資源やエネルギーを巡って互いに争い、とっくに自滅している可能性が高い。しかし現実には、M33ETIは人類のはるか先まで文明を発展させている。これは、彼らが大量破壊兵器の使用を抑制して自滅を回避し、次のステージに進むだけの理性と知性を持ち合わせていたことを意味します」

「だからといって、その理性を人類に向けてくれるとは限らないんじゃないか」

「もちろん、そうです。しかし、侵略だとすると、事前に相手に意図を知らせる意味がわかりません。それよりも気づかれないうちに全兵器を無力化したほうがいい。わざわざ降伏勧告なんかしたら、相手に準備する時間を与えるだけです」

「じゃあ聞くが、おれたちが見た映像はどうなんだ」

　ランスさんが身を乗り出してきた。

「数万の大船団をこれ見よがしによぅ。あんなの脅し以外のなにものでもないぞ」

「しかし、僕がミオさんから伺った話では、映像として見えたのは、宇宙船団が地球に向かって出発するところだったと。それだけでは、侵略の意図があるとまでは断定できないんじゃないでしょうか」

「平和的な共存を目指すような雰囲気でもなかったがな」

「少なくとも、その映像のおかげで、M33ETIは地球の存在を認識していて、シグナルも地球に向けて発信されたものであることがわかりました。そして、それこそがM33ETIの狙いであったとは考えられませんか。つまり、自分たちの存在と意図を、シグナルよりも理解しやすい映像の形で、地球に誕生するかもしれない知的生命に伝えようとした。侵略するつもりなら、こんなことをする必要はありません」

「それにしちゃ愛想がなさすぎないか。映像に登場するのは大船団だけだ。M33ETIは一人も出てきやしない。平和的な共存を望むなら、代表者から一言くらい挨拶《あいさつ》があってもよさそうなもんだ」

「地球に住む人類の間でも、文化的背景によってマナーは異なります。ある種族で礼儀に適《かな》った作法が、別の種族ではきわめて非礼と受け止められることは珍しくありません。ましてやM33ETIは三百万光年離れた別の銀河の生命体です。地球の文化的背景を基準に、行為の善し悪しの判断を下すのは、危険だと思います」

「あんた、少し複雑に捉えすぎてないか」

「……自分ではそんなつもりはないのですが」

「こういうことに関しては、できるだけシンプルに解釈したほうがいい。でないと、いつの間にか、自分好みに歪《ゆが》めちまう。いや、あんたがそうだっていってるわけじゃないぞ。だが、この場合は、まず地球を侵略する意図を汲《く》み取るのが、いちばん自然な解釈だと思うぜ」

そういって広場に目をもどしたランスさんの眼差《まなざ》しが、ふっと柔らかくなった。視線の先を追うと、二歳くらいの男の子が、母親らしき女性といっしょに歩いている。まだ足の運びはぎこちないが、身体を左右に揺らしながら、懸命にバランスをとっている。女性がなにか声をかけたのだろう。男の子が女性を見上げてうれしそうに笑った。

「そろそろ、もどりましょうか」

「いや、まだいい」

「お疲れでは」

「仕事以外でさ、こうやって話をするのは久しぶりなんだ。話っていうか、議論だな。好きなんだよ、そういうのが。だから理屈っぽいって煙たがられるんだけどな」

ランスさんが穏やかに息を吐く。

「それに、あんたは、ちゃんと理詰めで返してくるから面白い」

「でも、僕の平和共存説には納得しないんですよね」

「おれは地球侵略説だ」

一瞬の沈黙のあと、僕たちは静かに笑みを交わした。

「まあ、これ以上は、議論しても埒《らち》が明かねえか」

「ですね。シグナルの内容がいっさい判明していない現状では」

「あれが解読できりゃ、決着つけられるんだよな。正しいのは、おれか、あんたか」

「あるいは、二人とも間違っているか」

ランスさんが深くうなずく。

「いつごろになりそうだ、解読できるのは」

「正直、予想もつきません。何十年も先かもしれないし、ひょっとしたら明日にでも重大発表があるかも」

「そうか。あんたがそういうんなら、そうなんだろ」

ランスさんが眩《まぶ》しそうに目を細めた。

「だが、急いでもらわないと間に合わないぞ」

僕は思わずランスさんの横顔を見つめる。

「だってよぉ、奴らが来る前に解読して返信しないと、知的生命と認めてもらえずに攻撃されちまうんだろ」

「……はい、僕の仮説では」

「そうなったら、おれたちのどっちが正しくても人類滅亡だ」

ランスさんが、子供みたいな顔で、僕に笑いかけた。


そしてこの二十日後。

朱鷺《とき》丘《おか》先輩のチームがM33シグナルの解読に成功したとのニュースが飛び込んできて、僕は「人類は救われた！」と叫ぶことになったのである。

朱鷺丘先輩がM33シグナルに関する研究に従事しているとは聞いていたが、まさかほんとうに世界に先駆けて解読してしまうとは思わなかった。僕が驚いたのは当然だが、それ以上に誇らしくも感じた。だってもしかしたら、朱鷺丘先輩がM33シグナルに関わることになったプロセスに、僕も少しは貢献しているかもしれないのだから。

という戯《ざ》れ言はともかく、つくば市の宇宙生命研究機構で開かれる記者会見にはなんとしても参加したかった。M33シグナルをライフワークとする僕にとっては待ちに待った大ニュースであり、久しぶりに朱鷺丘先輩に質問をぶつける機会を逃したくもない。

それに、原則として解読内容を明かせないにしろ、ヒントくらいは聞き出せるかもしれない。あの人のことなら、ほかの記者さんたちよりは知っている。

しかし相手はディラック、朱鷺丘昴《すばる》だ。生半可な質問では答えてもらえそうにない。

そこで僕が用意した質問が、あの二つだったのだ。

種明かしをすると、一つ目の「解読内容が人類の宇宙観を変えるか」という質問は挨拶代わりみたいなもので、僕の本命は二つ目の「彼らは来るのか」という問いにあった。

もしランスさんやミオさんたちの見た映像が本物であり、M33ETIが地球に向かっていることが事実ならば、M33シグナルにもそれに関する記述があるはずだ。もしなければ、映像そのものの信憑性《しんぴょう》に疑問が生じ、M33ETIが地球に向かっているとする根拠が揺らぐ。

果たして朱鷺丘先輩は、あの記者会見の席上、僕の二つ目の質問に対してこう答えたのだった。

「ノーコメント」

がっくりきたって？

冗談じゃない。

朱鷺丘先輩は、意味のない質問には無言で首を振る人だ。それなのに、わざわざ「ノーコメント」と答えた。これは「その質問は答えるに値しない」のではなく「その質問に答えることはできない」ことを意味する。

裏を返せば、その質問に答えると、否応《いやおう》なくM33シグナルの内容に触れざるを得ない。

つまり、M33シグナルには、M33ETIの地球来訪に関する、なんらかの情報が含まれていたということになる。

だから僕はこの時点で確信したのだ。

ランスさんたちが映像で見たものは真実であり、M33ETIは、いまこの瞬間も、地球に向かっていると。

第三章　REUNION

たいへんなことになった。

これまでもM33シグナルの解読に成功したとのニュースが流れたことはあるが、いずれも誤報だったり後に撤回されたりして、内容について確かな情報はなにも明らかになっていない。しかし、今回こそ本物ではないか、という気がする。いや、確信しているといってもいい。この手応《てごた》えは過去にも経験がある。自分を悩ませてきたあの声がM33シグナルに関連していると気づいたときだ。

あれから十七年。停滞していた事態がここに来て動きだそうとしている。芦川《あしかわ》というライターが私たちに接触してきたのも、その予兆だったのではないか。準備をしておく必要がありそうだ。そして、そう感じたのは私だけではなかった。

『一度、みんなで集まらない？』

ミオの提案に、私たちは即座に反応した。

集まってなにか具体的な話し合いをしようというのではない。ただ、互いの顔を見ながら言葉を交わし、存在を確かめ合っておく。いまは、それだけでも意味がある。

今回の場所は、以前も使ったことのある海鮮料理の店だった。ちょうど六人座れる個室があるのだ。私が到着したときには、ミオとタクト、そしてアルファがすでに来ていた。

「先に始めてるよ」

アルファが赤ら顔でビールの入ったグラスを掲げた。ミオとタクトも笑顔で手を挙げる。雰囲気は悪くない。

「久しぶりだね、アルファ」

私はコートを脱いでアルファの正面に座った。

「二年ぶりくらい？」

「そんなになるかな」

二年前よりさらに太っていたし、顔色もいいとはいえないが、表情は自然で明るい。

そのアルファが、この前はごめん、とでもいうように苦笑したので、私は小さくうなずいた。来てくれてうれしいよ、という気持ちを込めて。

「スピカは遅れるって」

私の左隣に座るミオがいった。ミオの正面がタクトだ。

「ランスは、来れたら来るってことだったけど、まだ連絡がなくて」

ランスのことを話すときも、できるだけいつもどおりにして、暗くならないように気をつける。それが私たちの暗黙の了解事項だった。

「では、あらためて。再会を祝して」

タクトの音頭でグラスを合わせる。渇いた喉《のど》を潤してから、一人一人の顔をもう一度見る。私はいまでも、みんなと会うとほっとする。長い旅から家に帰ってきた気分になれる。

最初からこうだったわけではない。

初めて顔を合わせたあの日、たしかに高級ホテルのスイートルームである程度は打ち解けた。しかし、いざレセプターとしての活動を始める段になると、急にぎくしゃくしたものが漂うようになった。いまから思い返すに、これは当時の私たちが、互いの距離感をどう摑《つか》めばいいのか、わからなかったからではないか。初対面の場では本名や職業などの個人情報を明かさないことになっていたが、それをこれからも続けるのかどうかを曖昧《あいまい》にしたままだったのだ。

そこにいち早く気づいたミオが、一つのルールを提案した。それが、この六人の間では今後も私生活のことには言及しない、自分でもいわないし人にも尋ねない、というものだった。

私たち六人に共通項があるとすれば、M33シグナルのレセプターであるという一点だ。レセプターとして活動する上で、それ以外の情報は望ましくない感情の素《もと》になりかねず、益よりも害が大きい。だから、少なくとも当面は、一人の個人としてではなく、選ばれたレセプターとしてのみ振る舞うことを明確にしたのだ。

私も含めてみな同じように感じていたのだろう。この提案はすんなり受け入れられた。事実、これ以降、レセプターとしての活動は格段にやりやすくなった。

といっても、私たちが活動らしい活動をしたのは二年足らずだ。活動内容も動画を作成して投稿するというものが中心になった。六人にもそれぞれの生活があり、できることは限られていた。そして、その二年間の活動を献身的に支えてくれたのがアルファだった。動画の編集作業はほとんどアルファに任せっきりだったといってもいい。

結局、二十本以上の動画を公開したが、期待したような反応は得られず、私たちの活動は報われることなく幕を閉じた。結果は伴わなかったが、それでも私には、やれることはやった、という充足感があった。私は中学、高校とも部活動に参加したことはないが、もしかしたらこんな感じなのかな、と思ったくらいだ。はっきりいえば、とても楽しかった。みんなで一つのことに打ち込むことが。そして、とても心地よかった。田代《たしろ》優香《ゆうか》ではなく、レセプターのケイとして生きられるこの場所が。

最後の動画を作成するために集まったとき、だれがいうともなく、これからもたまにはみんなで飲もうよ、ということになった。別れ際、ミオが泣いた。私も泣いた。スピカも泣いた。タクトも目を赤くしていた。アルファは泣きはしなかったが、とても寂しそうだった。そんな私たちを、ランスが温かく見守っていた。

活動休止から十五年が過ぎ去ったいまも、みんなとこうして再会できている。そのことを素直に感謝したい。

「さっきも話してたんだけどさ」

タクトが私に顔を向けた。目の周りが赤い。

「やっぱり来るのかな。M33ETIは」

「来るかどうか、というより、いつ来るか、って問題だと思うよ」

ミオが、ほらね、と笑った。

タクトが、やっぱり来るんだぁ、と天井を仰ぐ。

「でも、それ以上に問題なのが、なぜ来るのか、だよね」

アルファがそういって私を見る。

「ケイはミオと同じ意見だったよね。つまり、M33ETIは平和的なコンタクトを望んでる」

私は、まあね、とうなずく。

「ぼくは侵略だと思うけどなあ」

タクトはどうしても納得できないようだ。

「だから来てほしくない。来るとしても、何万年も先であってほしい」

「私は早く来てほしいな。だって、M33ETIがどんな姿をしてるのか、すごく興味あるし、人類は彼らからいろいろ学べると思う」

「ぼくも、M33ETIと出会って、どういうふうに世界が変わるのか、見てみたいって気持ちはある。でも、怖いって気持ちのほうがはるかに強いよ」

タクトの言葉にアルファがうなずいて、

「シグナルの解読内容が公表されるのは一年後だっけ？」

「早くて半年。検証委員会で認定されたら、だけど」

「長いな」

「あっという間だよ」

そういったタクトが、ふと我に返るような表情をした。

この瞬間、みんなの脳裏を同じことが過《よ》ぎったはずだ。

ランスは、シグナルの内容を知ることができるのか。

「ねえ」

ミオが、沈みかけた空気を払いのけるように、

「もし近いうちに彼らが来るとしたら、どうする」

「え、どうするって」

「どうしようもない、よな」

私はミオを見つめた。

「なにか考えがあるの？」

ミオが、私、アルファ、そしてタクトへと視線を流して、

「M33ETIが送ってきている映像が、わたしたちの見たあれだけとは限らない。一度

に見えるのは断片的な情報だけで、全体像を掴むにはほかの映像も必要なのかもしれないし、そちらにはM33ETIの姿が映っているかもしれない」

「あ、ジュニアって、それをやってたんじゃ」

私が思いついたまま口にすると、アルファが、

「でもあの人、映像が何種類もあるなんて一言もいわなかったよ」

「ジュニアがすべてを正直に話してくれたとは限らないでしょ」

「それはそうなんだけど……」

アルファが複雑そうな顔で黙る。

「だとすれば」

タクトがいった。

「すでに全体像を掴んでいる政府なり国際機関なりが存在して、密《ひそ》かに対応策を進めている可能性もある」

「でも、そうじゃなかったら」

ミオが問うように返す。

「だれも、なにも、準備していないとしたら」

「……それって、すごく怖い状況だよね」

タクトが、ぞっとしない顔で答える。

「でも、私たちになにができるの？」

ミオが私を見た。

「久々にM33シグナルに注目が集まっているこの機会を活用して、探すの。新しい仲間を」

新しい仲間。

その言葉の響きには、私たちの意識を未来へと向かわせる力があった。

「M33シグナルのレセプターが、日本国内でわたしたちだけってことはないでしょ。アルファが最初に作ったあの動画を見ていない人だって多いだろうし、そのころ小さな子供だったり、まだ生まれていなかったレセプターだっているはず」

「それにあのときは、東京に集まってもらう都合上、関東在住の人に絞らざるを得なかったしね。それ以外の地方にも、当然、あの声の聞こえる人はいたはずだし、範囲を世界に広げれば、何万人もいるかもしれない」

アルファの言葉に、ミオが大きくうなずいて、

「そういう人たちを探して、仲間に加わってもらう。そうすれば、もしかしたら、新しい映像が見えるかもしれない。新しい情報を得られるかもしれない。わたしたちには経験がある。その経験を活《い》かせる場面が、きっとあると思う」

「仲間を探すといっても、どうやって」

とタクト。

「それはやっぱり」

ミオに誘われるように、私とタクトの視線がアルファに向かう。

「え、おれ？」

アルファが目をまん丸にした。

「いや、もう、動画なんてずいぶん作ってないし」

そのとき外から、こちらです、と声がした。

ドアが開いて現れたのは、スピカだった。

十七年前に比べて顔の輪郭が一回り大きくなったとはいえ、彼女はいまでも私たちの中でいちばん垢抜《あかぬ》けている。集まりに参加するときもたいていビジネス用のパンツスーツ姿で、どのような分野なのかはわからないが、社会の第一線で活躍している貫禄《かんろく》を濃厚に感じさせた。

そのスピカが、入り口に立ったきり、部屋に入ってくる気配がない。伏し目がちで表情も硬い。

嫌な間が空く。

その間を急いで埋めるようにタクトがいった。

「どうしたの。入りなよ」

スピカが瞬《まばた》きを二つして目を上げる。

「あのね……ランスだけど」

私たちの間に緊張が走った。

「きょうのこと、すごく楽しみにしてたんだけど、来れないって。再入院することになって」

ランスの病気のことは、もっぱらスピカから情報をもらっているが、次に入院したらおそらくふたたび退院はできないと聞かされていた。

「それでね」

とスピカが続ける。

「ランスが、きょうのこの集まりに、代理を参加させたいって」

私たちは顔を見合わせた。代理による参加など過去に例がない。

どうぞ、とスピカに促されてドアの陰から姿を見せたのは、三十歳くらいの男性だった。こざっぱりした服装で中肉中背、礼儀正しそうな人ではあるが、人畜無害といった風情であくというものがなく、ランスの代理にしては物足りなさを感じる。もちろん私は初めて見る顔だ。年齢的にはランスの息子といっても通じそうだが、似たところはまったくない。

「あら、芦川さん？」

私はミオを振り返ってから、あらためてその男性を観察した。

「あなたが、あのライターの……」

男性が恐縮した様子で頭を下げる。

「芦川翔《しょう》です。先日、ミオさんのご紹介で、ランスさんにインタビューさせていただきました」

そして、私たちを見回しながら、いった。

「図々《ずうずう》しいとは思いましたが、きょうは、みなさんにお願いがあって、お邪魔しました」

＊＊

明け方まで原稿を書いていたこともあって、そのコールが着信したとき僕はまだ布団の中にいた。仕事関係のやりとりはテキストやファイルがほとんどなので、コール音を聞くのは久しぶりだった。最初は間違ってアラームをセットしてしまったのかと思ったくらいだ。

ベッドの上で横になったまま腕を伸ばし、光る画面を覗《のぞ》いたが、表示されていたのはナンバーだけ。ということは、知人やこれまでに仕事で関わった人からではない。

『芦川さんですか』

スピーカーから聞こえてきたのは、大人の女性の声だった。やはり聞き覚えはない。

「はい。芦川ですが」

まだ声帯がちゃんと動かず、低くざらついた声が出た。

躊躇《ためら》うような間をおいて、女性が告げる。

『初めまして。スピカです。電話番号はミオから聞いていました』

　僕は布団をはねのけて起き上がった。

「スピカさん？　Ｍ33レセプターの」

『ごめんなさい。お休み中でしたか』

「いえ。ぜんぜん大丈夫です」

　手のひらで顔をごしごしと擦《こす》った。

『じつは、芦川さんにお願いがあって』

「なんでしょう。僕にできることであれば」

『ランスの病気のことは、ご存じでしょうか』

「……詳しいことまでは」

『彼は、今朝、再入院しました』

　え、と声が詰まった。

『ご迷惑かと思いますが、できれば、一度だけでも、会いに行ってやっていただけませんか』

「でも、僕なんかが行って――」

　ランスさんのご家族には、と口を滑らせそうになって危うく思いとどまった。人には、他人が安易に踏み込んではいけない領域がある。原則として素性を明かさないレセプターならば尚更《なおさら》だ。

『これは、本人から頼まれたわけではなく、わたしが勝手にお願いしているのですが……』

スピカさんの口調からは、いまも逡巡《しゅんじゅん》している様子が伝わってくる。

『ランスは、芦川さんと過ごした時間がよほど楽しかったみたいで……あんなに嬉《うれ》しそうに話す彼を見るのは久しぶりでした。芦川さんにはほんとうに感謝しています』

僕は居住まいを正した。

「いえ、僕のほうこそ」

『わたしが、こんなことをお願いできる立場にないことはわかっています。でも、せめてもう一度だけ、なんとか』

大きく息を吸う気配がした。

『ランスにはもう、時間がないんです。お願いします。できるだけ早い時期に』

「病院を教えてください」

僕は一片の迷いもなく答えていた。

「いまから参ります」


教えられた病院の待合室で、僕はスピカさんと初めて会った。ミオさんに聞いたエピソードからは、気の強い女性という印象を持っていたが、僕の前に現れたのは、物腰の柔らかな人だった。その一方で、大きなものを背負っている厳しさも伝わってくる。だから僕は、彼女を、企業で責任ある立場にいる人ではないか、と感じた。じつは会社を経営している、といわれても驚かない。

スピカさんは、僕に何度も礼をいってから、病室の部屋番号を告げた。

「ナースステーションには話を通してあります。それから……ランスの本名は、片山貴《かたやまたか》教《のり》です。ナースステーションで聞かれたら、そう答えてください」

僕は、わかりました、とだけ返し、エレベーターに向かった。互いに素性を明かさないはずなのに、スピカさんはランスさんの本名を知っている。その意味を、僕は深く考えないことにした。そこもまた、僕が立ち入っていい領域ではない。

ナースステーションで来意を伝えると、あっさりと病室に通してくれた。ナースステーションにいちばん近い個室だった。僕はここでランスさんの痛々しい姿を目にすることになるのだろうと覚悟していた。しかし、病室のランスさんは、拍子抜けするくらい普通だった。たしかに顔色は悪いし、前回会ったときより痩《や》せているし、鼻に酸素カニューレを装着していたが、意識もはっきりしないまま横たわるでもなく、背上げしたベッドで本を読んでいたのだ。

ランスさんは、驚いたように僕の顔を見つめてから、読んでいた本を閉じた。眼鏡を外して一つ息を吐く。

「スピカだな」

「はい」

「悪いな、面倒かけて」

「とんでもない。僕ももう一度ランスさんにお会いしたいと思ってましたから」

「ほんとか？」

ランスさんがおどけて僕を睨《にら》む。

「ほんとうです」

僕はベッド脇の椅子に腰掛けた。

「なに読んでたんです？」

「ああ、これか」

ランスさんが表紙をこちらに向ける。一般向けの物理学入門書だった。相対性理論や量子重力理論から最新のカロアン粒子まで網羅してあるようだ。

「急に興味がわいてな」

照れくさそうに本に目を落とす。

「おれは数学が嫌いだから、こういうのはずっと敬遠してたんだよ。わけのわからん数式とかいっぱい出てくるだろ。あれがダメでさ」

ランスさんが思い出したように顔を上げ、

「ここのベッドの上と床の上では、時間の流れる速さが違うんだよな」

「はい。地面に近いほど重力が強くなって、時間の流れが遅くなりますから」

「ってことはよぅ、おれの頭と足も、地面からの高さが違うから、別々の時間の中にいるわけだ。同じ身体なのに」

「もちろん、ほんのわずかな違いですけどね」

「相対性理論ってのがあるのは知ってたが、こうやって身近なところに当てはめて考えると、また面白いもんだな。あ、そうだ。時間は存在しない、とも書いてあったが、ありゃどういう意味だ。時計はちゃんと動いてるぞ」

「僕も専門家ではないので、自信はないのですが……」

「わかる範囲でいい。教えてくれ」

ランスさんが目を輝かせる。

僕は、ランスさんの勢いに気圧《けお》されながらも、頭の中を整理して言葉を探す。

「時間は、直接計測することができません。僕らが測れるのは、時計の針や数字、その他もろもろの変化だけです。そういった変化を〈時間〉という概念で捉《とら》えている。〈時間〉とは観測から導き出された結果ではなく、仮定の存在なんです。しかもその〈時間〉の流れる速さは場所によって違っていて、宇宙を一律に支配する〈真の時間〉なんてものはどこにもない。あるのは局所的な変化だけで、その変化とは、突き詰めれば、量子の相互作用です。〈時間〉は、その量子の相互作用の結果として生じるものであって、けっして逆ではない」

ランスさんが表情を険しくする。

「えっとですね……つまり、事物は〈時間〉の流れの中で展開するのではなく、事物が展開することで〈時間〉が生じる。わかりやすくいうと、僕たちは〈時間〉の中で存在しているのではなく、僕たちが存在することで〈時間〉が生まれる。って、これ、よけいわかりにくいですね。すみません」

ランスさんが苦笑しながら首を横に振る。

「難しいな。たしかに難しいが、面白い。うん、面白いよ」

冷や汗が出てきた。こんなことなら量子重力理論をもっと勉強しておくんだった。

「あんた、自分の常識がひっくり返るのは楽しいっていったろ。あれ、ほんとだな。自分の生きてきた世界が、こんな奇妙な仕組みになってたなんてな」

とにかく、ランスさんが思ったよりも元気で、僕はほっとした。でも、入院するくらいなのだから、容態は見かけよりも深刻なはずだ。

「芦川くん、だったよな」

ランスさんの口調が変わった。

「……はい」

「あんた、家族はいるのかい」

「おかげさまで、両親は健在です。僕自身は独り身ですが」

「そうか」

ランスさんが目をつむり、ゆっくりと息を吐き出した。

静かな時間が流れていく。

「そういえばよぅ」

ランスさんが目をあけて僕を見た。

「シグナル、解読されたんだってな」

僕は背筋を伸ばす。

「解読内容が発表されるのは、半年から一年後だったか」

「……はい。本物だと認定されれば」

「早くても半年、か」

ランスさんが窓へ目をやる。

その横顔は、透き通るように穏やかだ。

「おれには、ちょっと、無理そうだなぁ」

こんなときに、どんな言葉を掛ければいいのだろう。僕の語彙《ごい》力は、悔しいくらい進歩していない。

「あんたの説とおれの説、どっちが正しいのか、どっちも間違ってるのか。生きてるうちに答え合わせができれば、よかったんだがな」

ランスさんが、押し黙っている僕に笑いかける。

「代わりにあんたが見届けてくれ。頼んだぜ」

「嫌ですよ、そんなの」

この瞬間、僕は心を決めたのだった。

「答え合わせ、いっしょにしましょう」

＊＊

「問題はシンプルです」

成り行きとはいえ、本来ならM33レセプターの人たちだけが集まる飲み会にお邪魔することになってしまった僕だが、勢いとは恐ろしいもので、ランスさんが座ることになっていたであろう席に着き、ビールまでいただいている。ちなみにいま三杯目だ。

もちろん僕は、ビールを飲むためにここに来たわけではない。目の前には、スピカさん、ケイさん、ミオさん、タクトさん、アルファさんという、ランスさんを除くM33レセプターが勢ぞろいして、僕の次の言葉を待っている。この人たちにインタビューしたくてネットで呼びかけたのがはるか昔のことのようだ。

「現時点で、M33シグナルの解読内容を知っているのは、ごく一部の人に限られます。中でも、全体をもっとも把握している人物といえば、解読チームを率いた朱鷺丘昂《ときおかすばる》主任研究員をおいてほかにない。M33シグナルの正確な内容を知るには、この朱鷺丘さんから直接聞き出す必要があります」

「そんなことが可能なんですか」

タクトさんの疑問も当然だ。僕だってそんなことができるとは本気で考えていなかった。昨日までは。

「普通に考えればまず無理です。ただし、こちらにも相応のカードがあれば可能性はある。そのカードが、レセプターのみなさんが目撃した映像です。あの映像から得られた情報は、朱鷺丘さんたちにとっても貴重なはず。このカードを使って、次の三点を聞き出します。M33ETIは地球に来るのか否か。来るとすればいつごろか。そして、来訪の目的はなにか」

僕はランスさんと約束をしたのだ。M33シグナルの解読内容を突き止め、いっしょに答え合わせをすると。ランスさんが生きているうちに。

「はっきり申し上げて、あの朱鷺丘主任研究員からそれ以上の答えを引き出すのは不可能に近いことです」

「その方とは、お知り合いかなにかですか」

ケイさんの言葉に、僕は思わず無言で見返す。

「芦川さんの口振りからそう感じたのですが」

鋭いな。僕は密かに舌を巻いた。

「じつは、朱鷺丘さんは、僕にとっては高校の先輩で、お宅にお邪魔したこともあります」

僕がそう白状したとたん、どういうわけか、場の空気が柔らかくなった。

タクトさんが、さっきよりも気さくな感じで、

「記者会見を見たのですが、かなり変わった方のようですね。結局、記者の質問には一

つしか答えなかった」

その質問をしたのはなにを隠そうこの僕で、実際には朱鷺丘先輩は二つの質問に答えてくれたのだが、あえてここで言及することではないと思いとどまる。

「高校のころから、あんな感じだったのですか」

ケイさんは、話すときに、思い詰めたような瞳《ひとみ》で相手を見つめるタイプのようだ。

「ある意味、もっと徹底していました。クラスメイトからディラックと呼ばれていたくらいですから。あ……ポール・ディラック。ご存じですか」

みなさん、そろって首を横に振る。

「ええと……いちおう、アインシュタイン以後に登場した二十世紀最大の物理学者といわれている人で、量子力学への貢献が認められてノーベル賞ももらっているんですが、この人がとにかく変わり者で――」

と熱弁を振るうも、やはり反応がうすい。

わかってはいたけど、ポール・ディラックは、同時代に活躍したハイゼンベルク（不確定性原理で有名）やシュレーディンガー（猫で有名）に比べると、現代における知名度が低い。しかし、ディラックの成し遂げた業績は、その二人に劣るものではけっしてない。

たとえば、反物質という言葉を耳にしたことはないだろうか。そのような物質などだれ一人夢想だにしなかった時代、その存在をいちはやく予言したのがディラックの方程式だ。

「心がうずくほど美しい」とまでいわれたその方程式は、もともとは電子の振る舞いを記述するためのもので、その点では素晴らしく機能したのだが、深刻な問題が一つあった。方程式が正しいとすると、プラスの電荷をもつ電子（通常はマイナスの電荷しかもたない）すなわち反電子がどこかに存在しなければならなかったのだ。

当時の物理学者たちは、そのような「ばかげた粒子」が存在するはずはないと考え、ハイゼンベルクに至っては、ディラックの方程式に本質的な欠陥がある証拠だと批判した。そしてディラック自身も、本人曰《いわ》く「臆病《おくびょう》だった」ために、はっきりとした言葉で反電子の存在を主張することはなかった。

ところが、ディラックが方程式を発表して四年後。カリフォルニア工科大学のカール・アンダーソンが、宇宙線の観測中に、偶然にも「ばかげた粒子」の姿を写真に捉えるのに成功し、反電子、現在でいうところの陽電子の存在が明らかになる。ディラックの方程式は正しかった。ディラック本人が思っていた以上に、自然の普遍的な性質を正確に描き出していたのだ。

僕はこのエピソードを思い起こすたびに、人間の想像力の限界に粛然とし、その限界を突き破る科学の力に感動して泣きそうになるのだが、人前で話すとたいていドン引かれるので我慢している。きょうもこの辺にしておいたほうがよさそうだ。

「とにかく」

と僕は話題をもどす。

「朱鷺丘さんからわずかな情報を引き出すだけでもたいへんな困難が予想されます。ほとんど唯一の有効なカードとして、みなさんと、みなさんの見た映像のことを、朱鷺丘さんに伝える許可をいただきたいんです」

「それは、ぜんぜん構わないよね」

タクトさんの言葉に、ミオさんとケイさんがうなずく。それを見たスピカさんが、ね、いったとおりでしょ、とでも言いたげな笑みを僕に向けた。

「でも、具体的にどうやって聞き出すんですか」

ケイさんが瞳を大きく開いていった。

「えっと、それはですね、朱鷺丘さんが所属する宇宙生命研究機構の広報室を通してインタビュー取材を申し込みます」

思ったとおり、みなさん、拍子抜けしたような顔になる。

「もちろん、そう簡単に事が運ぶとは思いませんが、まずは正面から攻めてみます」

「でも、それだと」

ずっと黙っていたアルファさんが、うつむいたまま、

「聞き出せた内容は、あなただけしか知らないってことになりますよね」

「……はい」

「おれたちは、あなたから内容を教えてもらうしかない。ランスがそれで納得しますか

ね」

「アルファ、なにをいいたいの」

スピカさんが尖《とが》った声で質《ただ》す。

「べつに」

「芦川さんは、ランスのために動いてくれてるんだよ。ランスが生きているうちに、シグナルの内容を知ることができるように。本来なら、わたしたちからお願いしなきゃいけないくらいなのに、さっきみたいな言い方は芦川さんに失礼なんじゃない？」

「いや僕はぜんぜん気にして――」

アルファさんが顔を上げる。

「だってさ、M33シグナルの内容は、ランスだけじゃない、おれたち全員にとって重要なことだろ。おれたちが十七年前に見たものの意味、おれたちレセプターが存在することの意味がはっきりするかもしれない」

「だから？」

アルファさんが僕に顔を向ける。

「その場に、おれたちも立ち会わせてもらえませんか」

これにはすぐに返答できなかった。

「アルファ、無理いっちゃダメだよ」

ケイさんが窘《たしな》めた。

「そうね。気持ちはわかるけど、現実的じゃないと思う」

ミオさんも同調する。

「おれだってそんなことはわかってるよ」

アルファさんが吐き出すようにいった。

「べつにおれは、この人を信じないといってるんじゃない。ただ、ランスもいっしょに、みんなの前で、さっきの三つの質問に答える形にしてもらえたら……おれたちの十七年の総決算に相応《ふさわ》しい場になると思うんだよ。それなら、どんな結末になっても、受け入れられそうな気がする。たとえ、おれたちの存在や、やってきたことが、まったくの無意味だったとわかっても」

アルファさんが、ぐっと口元を引き結ぶ。

「そうかもしれないけど」

ケイさんが静かに口をひらく。

「その場合、ランスを朱鷺丘さんの研究所まで連れていくか、朱鷺丘さんにランスのいる病院まで来てもらわなきゃいけないよね」

「ランスを動かすのは無理」

スピカさんが撥《は》ねつけるようにいった。

「となると、朱鷺丘さんに病院まで来てもらうしかないけど」

「残念ですが、それはちょっと考えられません」

僕はケイさんにそう答えるしかなかった。

ただし、まったく可能性がないかというと、必ずしもそうとは限らないとも感じた。僕は、朱鷺丘先輩のことを基本的に優しい人だと思っている。それは、M33銀河を見たことがなかった僕を、わざわざ自宅に招いてまで天体望遠鏡を覗かせてくれた一件でもわかる。今回のことだって、事情を話せばもしかしたら、と思わないでもない。でも、いまこの場で言及することは控えた。期待を持たせすぎるべきではないと思ったからだ。

「アルファさん」

僕は姿勢を正して、身体を向ける。

「正直申し上げて、ご期待に添える形にできるとは断言できませんが、可能なかぎり、そちらの方向へ持っていけるよう努力することはお約束します。それで、納得していただけませんか」

アルファさんが、控えめではあるが、笑みを見せてくれた。

「すみません。我が儘《まま》いって」

「ほんとだよ」

申し訳なさそうに付け加えるスピカさんに、僕は、いえ、と首を振った。

こうなりゃ腹を括《くく》るしかない。

第四章　DIRAC

朱鷺丘《ときおか》先輩と知り合って十七年になるが、朱鷺丘昴《すばる》という人物を理解しているかというと、ぜんぜん自信がない。

たとえば、高校時代の朱鷺丘先輩は、完全下校時刻（うわ、懐かしい響き！）ぎりぎりまで学校に残っていたが、その理由はいまもって謎だ。

仮説はいくらでも立てられる。

思い出してほしい。僕が朱鷺丘先輩の自宅にお邪魔したとき、家には人気《ひとけ》がなく、怖いくらい静まりかえっていた。そのとき僕はこんなふうに考えた。朱鷺丘先輩は、ああ見えてじつは寂《さみ》しがり屋で、この家にひとりぼっちでいるのは好きではないのだ。だから帰宅する時間をできるだけ先延ばしにしていた。放課後に読書するとき、トイレのブースを一日しか使わずに自習室にもどってきたことも、それで説明できる。話しかけられるのは嫌だが、人の気配は感じていたかったのだ。

どうだろう。多少はもっともらしく聞こえないだろうか。でもこれはぜんぶ僕の臆測《おくそく》で、〈一見もっともらしい仮説ほど的外れ〉という僕の経験則に照らせば、おそらく真相はまったく異なる。

では、朱鷺丘先輩に直接問いただしたら（朱鷺丘先輩が答えてくれると仮定してだが）本当の理由がわかるだろうか。

当たり前じゃないか。本人がいうのなら間違いない。そう思う人が大半だろう。

でも僕は、これも疑わしいと考える。

人が取る行動には、必ずしも明確な理由があるわけではない。振り返って理由を探せば、それらしいものを見つけることはできる。しかし、あくまで、それらしい、というだけだ。

僕の考えでは、人をある行動に駆り立てた〈理由〉は、だれかがその〈理由〉を探そうとする瞬間まで、どこにも存在しない。〈理由〉を探すという行為によって〈理由〉が出現するのだ。そして、探し当てた〈理由〉も、いかに説得力があるように見えても、それが真にして唯一の〈理由〉であることは滅多にない。たとえ自分自身のことであってもだ。ましてや、他者の行動を理解できる、その心理を説明できると考えるのは、傲《ごう》慢《まん》きわまりないことだと思う。

理解不能な存在を、理解可能な枠に押し込めるのではなく、理解不能のまま、理解不能なものとして受け入れる。そのような、物事と対峙《たいじ》するときの誠実な態度を、僕は朱鷺丘先輩から学んだような気がする。

と偉そうにいっているが、じつのところ、僕が朱鷺丘先輩と交流らしい交流をしたのは、朱鷺丘先輩が高校を卒業するまでのほんの一年ちょっとに過ぎない。以来、先日の記者会見のときまで、僕は朱鷺丘先輩と顔を合わせたこともなければ、一言のテキストを交わしたことすらなかった。意識して距離を置いたわけではなく、ふと振り返ったら十六年もご無沙汰《ぶさた》していて、自分でもびっくりしたくらいだ。だから、あの二つの質問を投げたサイエンスレターズの記者が、十六年ぶりに会う後輩だとわかってもらえたかどうか、いささか心許《こころもと》ない。それどころか、朱鷺丘先輩のことだ、僕のことを完全に忘れていた可能性だってある（だとしたら、かなり悲しいけど）。

では、交流がなかったその十六年間の朱鷺丘先輩の消息、たとえば結婚したことやお子さんが生まれたことを、なぜ僕が知っていたのかというと——。

『やあ、久しぶり。元気にしてた？』

「おかげさまで。仕事でお疲れのところすみません」

『ぜんぜん。で、きょうはどうしたの』

目の前の滝沢修太郎《たきざわしゅうたろう》先輩は、ワイシャツのネクタイをゆるめたまま、椅子の背もたれをしならせていた。三十代も半ばにさしかかっているというのに相変わらずのイケメンで、ほつれた髪が目元にかかっているところなんか、僕でもどきりとするくらいだ。

もちろん、滝沢先輩がほんとうに僕の部屋にいるわけではない。完全開放型3Dプロジェクターによって、空中に映し出された立体映像だ。映像は直径一メートルほどの球形で、床に置いたドーム型のデバイスから投影されている。掌《てのひら》にのるほどコンパクトながら、その形状から一部で〈デーモン・コア〉という縁起でもない呼ばれ方もするそのデバイスが、こちらの映像を相手側に送信する機能も果たしている。つまり、立体映像による会話を楽しむには、双方にこのデバイスが必要になる。そういう事情もあって、まだ一般的に広く使われるには至っていないレアな最新通信機器を、一ライターに過ぎない僕がなぜ持っているのかというと、これを開発したメーカーの製品モニターをさせてもらっているからだ。製品のレビュー記事を書くことを条件に（単なる提灯《ちょうちん》記事ではなく、公正に評価するよう心がけています、はい）。ちなみに、このメーカーというのが、滝沢先輩の勤める中華資本の企業で、僕が製品モニターになれたのもほとんど滝沢先輩のおかげだ。だから滝沢先輩と通話をするときは、必然的にこの製品を使った立体映像通話になる。ていうか、そうでもしないとなかなか使う機会がない。

「朱鷺丘先輩なんですけど、最近、連絡とりました？」

『ディラックとはここ二年くらい会ってないな。テキストのやりとりもない。あ、記者会見は見たよ。芦川くん、大活躍だったじゃない』

「僕のこと、わかりましたか」

『そりゃわかるよ。芦川ってしっかり名乗ってたし』

滝沢先輩は、高校卒業後、朱鷺丘先輩と同じ大学に進んだ。学部は違うがときどきは会っていたとのことで、大学を出てからも付き合いは続いているそうだ。いまは仕事の関係でシンガポールにいる。

「じつは、朱鷺丘先輩にインタビューできることになったんです」

滝沢先輩が、へえ、と目を丸くする。

『M33シグナルの件？』

僕は、はい、とうなずいた。

「それで、最近の朱鷺丘先輩に関する情報を仕入れておこうと思いまして」

『そっか。役に立てなくて申し訳ないね』

滝沢先輩がほんとうに申し訳なさそうな顔をしたので、僕はあわてて、いえ、と首を振った。

「久しぶりに滝沢先輩とお話しできただけでもよかったです」

『そういうことなら、淳子《じゅんこ》さんに聞いてあげようか。インタビューで役に立ちそうな情報がないか。淳子さんなら面白がって協力してくれると思うけど』

「えっと、それは、たいへんありがたいことではあるんですが、ご家族を巻き込むのは避けたいんです。朱鷺丘先輩も気分を害されるでしょうし」

滝沢先輩が柔らかく笑った。

『そっか。わかった』

淳子さんというのは、朱鷺丘先輩と結婚した女性だ。僕は会ったことはないが、あの朱鷺丘先輩を好きになり、あの朱鷺丘先輩が好きになった人なのだから、只者《ただもの》ではない。

『しかし、ほんとにこういう日が来たんだねぇ』

滝沢先輩がしみじみといった。

「僕も感慨深いです」

『芦川くんがディラックに話を聞いてもらおうと悪戦苦闘してたのが昨日のことみたいだよ』

「その節は、滝沢先輩にもほんとにお世話になりました」

滝沢先輩が、遠くを見るような目を僕に向ける。

『楽しかったよね、あの帰り道』

「はい……むちゃくちゃ楽しかったです」

最後に三人で見上げた星空の、なんと眩《まぶ》しかったことか。当時の不器用で一途《いちず》な情熱が、郷愁の色を帯びて立ち上がりそうになり、僕は大きく息を吸い込んだ。

『月末あたりに帰れそうだから、都合がよければ会おうよ。ディラックも誘って』

「ぜひお願いします！」

あらためて礼をいって滝沢先輩との通話を終えた僕は、ぼんやりと十七年前に思いを馳《は》せた。M33ETIが発見されて大興奮している十四歳の自分に、M33シグナルの解読に世界で初めて成功するのは日本の研究チームであり、そのチームの中心になるのが同じ明志館《めいしかん》学園の朱鷺丘先輩で、大人になった僕はサイエンスライターとして朱鷺丘先輩にインタビューすることになる、と教えたら興奮しすぎて気絶するんじゃないだろうか。

取材許可は簡単に下りたわけじゃない。

まずは正攻法でと、宇宙生命研究機構の広報室に朱鷺丘主任研究員のインタビュー取材を申し込んだのだが、個々の取材には応じられないとすげなく断られた。これはある程度予想していたことだった。M33シグナルの解読成功によってメディアの取材依頼が殺到しているが悉《ことごと》く門前払いを食わされている、という話を耳にしていたからだ。とくに朱鷺丘先輩への独占インタビューや密着取材のオファーは引きも切らないらしい。どうやら僕もそういったメディアの一人と思われたようだった。

もちろん、ランスさんとの約束がある以上、こんなところで引き下がるわけにはいかない。でも、正攻法でダメだったからといって、十七年前みたいに帰り道で待ち伏せするような真似はできない。いまや朱鷺丘先輩も家庭を持つ身であり、一児の父親だ。高校生のころとはプライベートの価値が大きく違う。先輩の時間は、先輩のご家族の時間でもあるのだ。僕が一方的に奪うことは許されないし、なにより僕には、先輩・後輩としてではなく、研究者とその取材者として、つまりプロフェッショナル同士（自分でいうのはちょっと気恥ずかしいけど）として、朱鷺丘先輩と対峙したいという思いがあった。となると、やはり相応《ふさわ》しい場所は、宇宙生命研究機構しかない。

僕は再度、同機構の広報室に朱鷺丘先輩へのインタビュー取材をオファーした。冷ややかな応対は前回と同じだったが、僕が先日の記者会見で朱鷺丘主任研究員から唯一のコメントを引き出した、あのサイエンスレターズの芦川であることをあらためて伝えると、広報担当者（たぶん、記者会見で司会を務めていたあの男性）の態度が微妙に変化した。やっと思い出してくれたのか、一目置く、という感じになったのだ。すかさず僕は、自分は朱鷺丘主任研究員の高校の後輩であり、芦川翔という名前を伝えてもらえばわかるはずだと畳みかけた。この際だ。多少のはったりも含め、使えるものはすべて使う。そのくらいの図々《ずうずう》しさは、僕も身に付けている。

しかし、この担当者氏もなかなかの強者《つわもの》だった。それでも朱鷺丘先輩に取り次ごうとさえしてくれなかったのだ。ここで諦《あきら》めたら二度とチャンスはない。僕は食い下がり、インタビューの場所と時間は朱鷺丘主任研究員の都合に合わせること、インタビューの内容は完全なオフレコにすることを強調した。

「インタビューは十分間、いや五分間でも構いません。お願いします。朱鷺丘さんに僕の名前だけでも伝えてください。そうすれば必ずや快諾していただけるはずです」

ここまでいって、ようやく担当者から、渋々ながらも『朱鷺丘に確認してみます』との回答を引き出せたのだった。

『朱鷺丘がインタビューを受けることに同意しました』との吉報が届いたのは翌日だ。

ただし条件が一つ付いていた。

インタビューの時間は五分間とすること。

別人ではないか、と思ったくらいだ。

＊

いつもはぴんと伸びている背筋が力なく弛《ゆる》み、顔にも表情がない。ぼんやりと前を向く二つの瞳《ひとみ》は、どこまでも交わることなく虚空を落ちていく。それは、これまで私たちが見てきたスピカではなく、疲れを滲《にじ》ませた一人の女性だった。

総合受付カウンターの前に広がるスペースには、角張った長椅子が整然と並んでいる。診療時間も終わりつつあるいま、そこで会計を待っている人も多くはない。スピカは、カウンターからもっとも離れたところに、一人ぽつんと座っている。私は、わずかな逡《しゅん》巡《じゅん》を断ち切って、彼女に近づいた。

「お悩みごとですか」

いつも仕事で口にする台詞《せりふ》をいいながら隣に腰を下ろすと、スピカがびくりと顔を上げた。困惑したような目で私を見つめ、

「ケイ……なの？」

「見違えた？」

レセプターの集まりに参加するときはたいていラフな恰好《かっこう》をしているが、いまの私は紺色の地味なスーツ姿だ。医療相談室の職務は、自分の勤める病院内で完結するものば

かりではない。とくに患者さんが転院する際には、相手側の受け入れ状況の確認など、現地に出向くことも少なくない。そういうときは、それなりの服装をする。

「勤務中だからね」

「まさか、この病院？」

「じゃないけど」

じつはさっきまで別の病院で打ち合わせをしていて、いまは帰路の途中だ。少し時間があったので、遠回りにはなるが、ここに立ち寄ったのだった。

「だよね。びっくりした」

スピカがほっと息を吐いて、

「これからランスのお見舞い？」

「なかなか来れなかったからね」

「でも彼、話ができるかどうか。最近は眠ってる時間が長いんだよね。強い鎮痛剤を使うようになって」

そうか。そこまで容態が悪化しているのか。予想していたことではあったが……。

「スピカは毎日来てるの？」

「毎日ってわけじゃ。こう見えても忙しいし」

「無理しちゃダメだよ」

スピカが苦笑する。

「いつものケイじゃないみたい」

「ところが、これがいつもの私、田代優香《たしろゆうか》なんですねえ」

「え……」

スピカがそれ以上言葉を返せないでいる。

自分でも、なぜこのタイミングでスピカに本名を明かしたのか、わからなかった。強いていえば、流れと勢い、そして直感みたいなものか。

「ランスの本名は、いつから知ってたの」

私は構わず続けた。

スピカが目を逸《そ》らして前を向く。

「勘違いしないでね。わたしたちはそういう関係じゃないから」

「わかってる」

スピカがちらと私を窺《うかが》った。

「なぜって思ってるでしょ」

「思わないよ。世の中には、いろいろな人がいて、いろいろな人間関係がある。私も仕事柄、たくさん見てるから。それこそ、想像を絶するケースまで」

スピカは、無言のまま自分の手を見つめる。

私は静かに彼女の言葉を待つ。

小さく息を吸った。

「ランスには、いま、家族がいないんだよね。一人も」

「……そうなんだ」

「以前は、いたらしいんだけど」

私は無心に耳を傾ける。

「なにがあったのか、わたしも知らない。わたしたち、なんでも打ち明け合ってるわけじゃないから」

私は、うん、とうなずく。

「ランスは、もしかしたら、わたしのことを、失った家族の代わりみたいに思ってたのかもね。べつに、それでもいいんだけど」

スピカが、口元を引き結ぶ。

瞬《まばた》きをする。

二度、三度。

強く目をつむってうなだれる。

「やっぱり……死んじゃうのかなぁ」

ささやくような声ではあるが、それは紛れもなく慟哭《どうこく》だった。

私はスピカの肩を抱いた。

身体が崩れ落ちそうな震えが伝わってきた。

私は馬鹿だ。

なにもわかっていなかった。

スピカが指で目元を拭《ぬぐ》う。

「勤務中なら、あまり時間がないんじゃない」

「私なら大丈夫。気にしないで」

「行くんだよね、ランスのところ。案内するよ」

スピカが、私の手から逃れるように立ち上がり、病棟に繋《つな》がる廊下へ向かう。

「スピカ」

私はあわてて追いついた。

「それからね」

スピカが廊下の真ん中で足を止めて振り向く。

強い眼差《まなざ》しが私を捉《とら》える。

「わたしの名前は、秦野《はたの》仁美《ひとみ》。片山貴教《かたやまたかのり》の昔からの友人、秦野仁美。ここでは、そういうことになってるから」

*

さすがに緊張してきた。

指定された午後一時まで残すところ一分と十七秒。

案内されたのは、先日の記者会見と同じ会議室だ。あのときは報道関係者がひしめき合っていたが、きょうは広々とした場所を僕が独占している。広すぎて背中が寒い。

一分を切った。

持ち時間は五分間。勢い余って出た言葉とはいえ、自分から提示した条件なのだから文句はいえない。もちろんシミュレーションは念入りにやってきたが、なんといっても相手はあのディラックだ。

あと三十秒。

朱鷺丘主任研究員は時間に正確な人でもある。記者会見のときも、事前にアナウンスされた午後四時きっかりに現れた。しかも、ある記者さんによると、朱鷺丘先輩が会見席に着座した正にその瞬間、壁時計の針が一秒の狂いもなく午後四時ちょうどを指したという（当の記者さんがコラムで〈朱鷺丘伝説その一〉として紹介していた）。

十五秒前。

廊下を足音が近づいてきた。せかせかとした独特のリズムが懐かしい。

僕は、ふうっと息を吐きながら立ち上がる。

ドアが勢いよく開く。

おそらく人類史上初めて地球外知的生命の言語の解読に成功し、ノーベル賞も確実視（どの分野の賞になるかわからないけど）される朱鷺丘昴主任研究員が、僕の前にその長身を現した。グレーの作業着は記者会見のときと同じ。頭の中でカウントダウンの音声が響いているかのように、リズムを保ったまま前方の会見席に向かい、中央の椅子を引いて腰を下ろす。と同時に、壁の時計が午後一時ちょうどを指した。そして朱鷺丘先輩は、記者会見の一場面を再現するかのように、長テーブルの上で両手を重ね、目を上げたのだった。

僕は、胸にあふれそうな感慨を押しとどめ、取材モードに切り替える。旧交を温めるためにここにいるわけではない。

「きょうはお時間をとっていただいてありがとうございます。芦川です。さっそく始めさせていただきます」

慇懃《いんぎん》にいって腰を下ろす。僕が座っているのは、記者席いちばん前の真ん中だ。朱鷺丘先輩とは、ほんの二メートルほどしか離れていない。

「きょうのインタビューで伺った内容はいっさい表には出しません。オフレコと考えてください」

朱鷺丘先輩は無言。しかし、僕から目を逸らすこともない。

「M33ETIが地球に向かってきている、とする情報があります」

いきなり最初のカードを切ったわけだが、朱鷺丘先輩の表情はぴくりとも動かない。まあ、これだけでは有象無象の都市伝説と大差ないから、反応のしようもないだろう。

「この情報に関する証言を、私はある人たちから得ました」

問題はここからだ。

果たして朱鷺丘先輩は、僕の言葉をどう捉えるか。

「その人たちは、M33シグナルの解読作業に携わっている、いわゆる関係者ではありません。彼らは、M33シグナルを音声として認識していた時期があり、自分たちのことをM33シグナルのレセプター、すなわち、シグナルを理解可能な情報に変換して広く人類に知らしめるための受容体であると考えていました」

僕は、朱鷺丘先輩の表情を注意深く観察した。

が、変化はない。

これは少々意外だった。

レセプターのことを切り出したとたん、興味を失って目を伏せられてしまうかもしれないと思っていたからだ。「M33シグナルを音声として認識」などといえばオカルトと断じられても仕方がない。最悪、朱鷺丘先輩が席を蹴《け》って出ていく事態まで想定していた。

「私は、彼らレセプター六名から、当時の話を詳しく聞き、M33ETIの地球来訪に関する情報を得ました。本日のインタビューで明確にしたいのは、その情報が、朱鷺丘さんたちが解読したM33シグナルの内容とリンクしているのか否かです。もしリンクしていれば、彼らの情報が事実である可能性が高まります。その場合、彼らの持つ情報は、朱鷺丘さんたちにとっても貴重なものになるはずです」

きょうのインタビューの主眼を明かしたことになるが、それでも朱鷺丘先輩は動かない。

僕は初めて焦りを覚えた。

たしかに愛想よく相づちを打つ人ではなかったが、この鉄壁の無反応ぶりには違和感がある。僕の話に退屈したり呆《あき》れたりしているのであれば、目を逸らすなり首を横に振るなりしそうなものだが、あの一キロメートル先を見るような眼差しは、ずっと僕を捉えて離れない。かといって、僕の言葉に特段の興味を惹《ひ》かれているようでもない。

かつて、ほぼ一年間、毎日のように濃密な議論を交わした間柄だ。相見《あいまみ》えるのは十六年ぶりとはいえ、意思疎通に問題はないと思っていた。記者会見のときだってちゃんと質問に答えてもらえたのだから。

ところが僕はいま、朱鷺丘先輩がなにを考え、なにを感じているのか、想像して思い描くことすらできないでいる。

落ち着け、落ち着け。

こういうときこそ、不用意な脱線を避け、事前にシミュレートした線に沿って話を進めたほうがいい。

「朱鷺丘主任研究員にお伺いしたいのは次の三点です。M33ETIは地球に来るのか。来るとすればいつなのか。そして目的はなにか」

アルファさんとの約束を忘れているわけではないが、まずは質問の答えを引き出すことが先決だ。五分間ではそれすらできるかどうか。すでに一分が経過している。

「いかがでしょうか」

「ノーコメント」

この回答は予想どおり。というか、このインタビューで初めて僕の予想が当たった。あまり自慢できる予想ではないけれど。

「M33ETIが地球に向かっていると考える根拠は二つあります」

気を取り直して次のカードを切る。なんとかして「ノーコメント」以上の具体的な言葉を引き出さなければ。

「レセプターの人たちは、音声だけでなく、ある映像を見ています。六名の意識を同調させると見えるという、いささか非科学的な方法によるものではありますが、映像そのものは鮮明で、数分間にわたる長いものであったとのことで、私の受けた印象では、集団ヒステリーや幻覚の類《たぐい》ではないと感じました。その映像の冒頭で映し出されたのが、六百万年前のものと思われる地球を、宇宙空間から見た姿です。つまり、映像がM33ETIから送られてきたものだとすれば、M33ETIは地球の存在を把握していたことになります。これが一つ目の根拠です」

M33ETIが地球の存在を把握していたかどうか。ここは重要なポイントだ。もし把握していれば、当然、M33シグナルにもそれに触れた記述があるだろう。レセプターからもたらされた情報が、M33シグナルの解読内容と一致すれば、朱鷺丘先輩も少しは興味を持つはず。

と期待したのだが、朱鷺丘先輩の表情からは、そんな気配は微塵《みじん》も窺えない。

「二つ目の根拠は、その映像の最後で、数万の宇宙船団が天の川銀河の空域に向けていっせいに動き出す場面が映っていたことです。その際、M33シグナルのレセプター六名は、M33ETIの宇宙船の形状や推進装置が発動する様子を目撃しています。そしてこの一連の映像は、M33ETIが地球に向けて出発した、少なくとも、そのような印象をもたらすよう編集されていると思われます」

これがきょうの切り札だ。M33シグナルに関わる人間ならば、そしてM33シグナルに地球来訪を予告する記述が含まれているのであれば、この情報に無関心でいられるわけがない。ランスさんたちに聞き取り調査を行えば、宇宙船の大きさ、構造、推進の原理など、多くのデータが得られる。それらを解析することで、宇宙船の性能やM33ETIの科学水準などが判明するかもしれないのだから。うまく朱鷺丘先輩の関心を引きつけることができれば、その流れでランスさんたちと会う方向へも持っていける。

「この映像の内容が真実ならば、M33シグナルにもそのことに関連する情報が記されているはずですが、いかがでしょうか」

「ノーコメント」

しかし朱鷺丘先輩の回答は、一片の関心も感じさせないものだった。M33ETIの宇宙船など眼中にないかのような。

どういうことだ。

僕はこんどこそ完全に見失った。

ランスさんたちの見た映像は、M33シグナルとはほんとうにリンクしていないのか。M33ETIとは無関係だったのか。M33ETIが地球に向かった事実はなく、地球の存在も知られていないのか。ランスさんたちは無意味なことをしていたのか。無駄に苦しんできたのか。

しかし、その場合は、朱鷺丘先輩が僕の話を最後まで聞くことなく、とっくに首を横に振っている。ノーコメントの一言すらもらえなかったはずなのだ。三百万光年離れた銀河から地球にやってくるなど、本来なら荒唐無稽《こうとうむけい》な与太話でしかない。そんなものを行儀よく拝聴してくれる朱鷺丘先輩じゃない。

逆に、もしリンクしているのなら、僕の話にもう少し興味を示してもよさそうなものだ。なにしろランスさんたちはM33ETIの宇宙船を見ている。なんどもいうが、これはM33ETIを理解する上で貴重きわまりない情報源になる。

ところが、朱鷺丘先輩の反応は、そのどちらにも当てはまらない。

つまり……。

こちらの問題設定のどこかに誤りがある、ということだ。

あるいは、なにかが欠けている。

どこだ。

どこで間違えた。

なにが足りないのだ。

なにが——。

「——まさか」

あり得ない話ではない。それどころか、なぜその可能性を見落としたのか、自分の迂《う》闊《かつ》さを呪いたくなる。

「すでに……ご存じだったのですか」

肯定も否定もしない。

「ということは——」

朱鷺丘先輩は知っていたのだ。

レセプターの存在も、彼らが見た映像の内容も。

「——あの映像はM33ETIから送られてきたものであり、M33ETIが、三百万年前、地球に向かって出発したのは紛れもない事実」

朱鷺丘先輩が、ほんの微《かす》かにだが、うなずいたように見えた。

「いつです」

僕は身を乗り出しそうになった。

「M33ETIはいつ地球に到達するんです。目的はなんです。人類はどうなるんです！」

「その質問には答えられない」

冷静に跳ね返された。

残り時間は三十秒もない。

迷っている暇はなかった。

「私は、M33シグナルには、平和的な共存を求めるメッセージが書き込まれていると考えています」

朱鷺丘先輩が眉《まゆ》を上げた。

「そして、メッセージを解読できた場合、速やかに返信するようにとも。それは、地球に誕生しているかもしれない知的生命の文明の高さ、いいかえれば、軍事力を測るためです。シグナルを解読して返信できるほどの文明であれば、戦闘に訴えた場合リスクが発生する。このリスクには核兵器による地球の環境汚染も含まれます。逆に、返信がなければ、与《くみ》し易しと見て、攻撃することも躊躇《ためら》わない。M33ETIに戦闘オプションを取らせないためには、我々は一刻も早く返信する必要がある。これが、私の仮説です」

「申し訳ないが」

朱鷺丘先輩が腰を上げる。

ちょうど五分が経過していた。

ドアに向かう背中に、

「朱鷺丘先輩！」

思わず立ち上がって叫んだ。

朱鷺丘昴は、足を止めることなく、出て行った。

＊

『いま、どんな気持ち？』

「来るべき時が来ちゃった、て感じ。いろんな意味で」

『いろんな意味でね』

「そう。いろんな意味で」

『さみしい？』

「それもあるけど、正直、ようやく肩の荷を下ろせる、というほうが大きい」

『わかる』

「みんながそろうの、これが最後になるのかな」

『そのつもりでいたほうがいいと思う』

「うまくいくといいね」

『そうだね』

『じゃ、明日《あした》ね』

「うん。明日」

第五章　SIGNAL

思っていたより広い部屋だった。

天井や枕元の照明には温かみがあり、その光を床が優しく受け止めている。壁に掛けてあるのは大画面テレビ。窓に近いところに三人掛けのソファとテーブル。奥には簡単な料理ならできそうな流し台とクッキングヒーター。そして小さな食器棚と冷蔵庫。どの調度品にもほどよい落ち着きがある。

「思い出さない？」

私が感じていることを、左隣の椅子に座るミオが代弁してくれた。

「やっぱり、思い出すよね」

でも私より先に応《こた》えたのは、ソファに腰を下ろしているタクトだ。

「なにを？」

同じソファに座っているアルファが、そういった直後に、

「あぁ」

と察した声を漏らす。

「もう十七年、だっけ」

十七年前のあの日、あのホテルのスイートルームで、私たち六人は初めて顔を合わせた。

「みんな若かったよなぁ」

「アルファなんか美少年だったよね。いまでは想像できないくらい」

私が茶化すと、アルファも負けじと、

「ケイだって不思議少女って感じで、ちょっと近寄り難かったぞ」

「えー。あ、でもそうかも」

「それにしてはアルファ、立ち居振る舞いが堂に入ってたんじゃない？」

こんどはミオだ。

「憶《おぼ》えてるよ。わたしとケイが遅れて到着したとき、部屋のドアを開けて『よく来てくださいました』って、わたし、どこの王子様かと思った」

「うわぁ、思い出させないでぇ」

アルファが大げさに頭を抱えると、部屋に和やかな笑いが広がった。

「ねえ、スピカ」

私は、ベッドを挟んだところにいるスピカに声をかけた。彼女は、さっきから穏やかな表情で、私たちのやりとりを聞いている。

「スピカは初っ端《しょっぱな》から辛辣《しんらつ》だったよね」

「そう？」

「ランスを指さして、こんな人と同じ空気を吸いたくないって。初対面の人になかなかいえないよ」

「指はさしてないと思うけど」

「でも、ランスのことだったんでしょ？」

とミオ。

「否定はしない」

スピカが、微笑を浮かべた目元を、ベッドで眠るランスへと向ける。同じ空気も吸いたくなかった人に、いまはいちばん近くで寄り添っている。

ランスがこの緩和ケア病棟へ移ったのは一週間前だという。以前から入居申請は出していたが、空きがなかったのだ。一週間前までこの部屋を使っていただれかは、もしかしたら退院して自宅療養しているのかもしれない。緩和ケア病棟に入った人がすべてここで亡くなるわけではない。

「そういえば、ジュニアはどうしているんだろうね、いまごろ」

タクトにアルファが応えて、

「おれ、けっこう好きだったんだよ、あの人。大人の男って感じでかっこよくてさ」

「アルファのところにも連絡ないの？」

ミオの問いに、アルファが首を横に振る。

「やっぱり、彼の雇い主って、政府だったのかな」

タクトがいった。

私はうなずいて、

「そんな雰囲気あったよね。いかにもエリートっぽくて」

芦川《あしかわ》さんの報告によれば、私たちの見た映像の情報は、すでに国の研究機関が把握していた。おそらくジュニアは、どのような形でかはわからないが、その一端を担っていたのだろう。

「結局さ」

タクトが、ソファに背を預けて天井を見上げる。

「あのときぼくたちが見た映像は、本物だったってことだよね」

朱鷺《とき》丘《おか》主任研究員は映像の内容を否定しなかったという。

「不安？　M33ETIがいつやってくるか」

私が問いかけると、タクトは少し考えて、

「それだけじゃなくて。うまく言葉にできないけど、ぼくたちは、ぼくたちの経験がいつか役に立つかもしれないと考えて、互いに連絡を絶やさないようにしてきたわけだよね。でも、ぼくたちの経験というか、持っている情報は、それをいちばん必要とする場所にはとっくに伝わっていた。ぼくたちは、ずっと無駄なことをしてきたことになる」

「そんなの結果論だろ」

この言葉を口にしたのは、意外にもアルファだった。

「人生、そういうこともあるって」

「どうしたの、アルファ」

私は思わずいった。

「なんか、らしくないよ」

アルファが電話口で弱音を吐いたのは、そんなに前のことじゃない。

「おれは、事実が確定して、むしろ覚悟が決まったよ」

アルファが私を見ていった。

「来るなら来るで、はっきりしてくれてよかった。どっちかわからない状態がいちばん嫌だったからさ」

「いつ来るかはまだわからないよ。それに目的も」

タクトがいうと、

「関係ないね。たとえまもなく地球が侵略されるとしても、おれたちにできることはもうない。じゃあ、悩んだって仕方がない。どうなろうが運命として受け入れるさ」

「すごいね。そこまで吹っ切れてるんだ」

ミオは感心しているが、私は本気で心配になってきた。感情には揺り戻しがある。極端に振れれば、反動もそれだけ大きい。

「みんな」

スピカの声が響いた。

「ランスが……」

タクトとアルファが跳ねるように立ち上がってベッドに駆け寄る。

私たちが息を詰めて見守る中、ランスの深く窪《くぼ》んだ目が、少しだけ開いた。と思ったら、光を恐れるかのように、すぐに閉じる。同じ動作を繰り返してから、ようやくしっかり目を開けると、スピカが手慣れた様子で、ランスに眼鏡をかけた。ランスは、瞬《まばた》きをしたあと、レンズ越しに私たちの顔を見回して、いった。

「おい、葬式にゃまだ早いぜ」

ほっとした空気が流れる。苦しげで声も掠《かす》れているが、それでも私たちの知るランスは健在だ。

「違うよ。昨日も話したでしょ。忘れた?」

いま、スピカがランスにかける声音は、自然な慈しみに満ちていて、構えたところがない。そして、ランスがスピカに返す眼差《まなざ》しは、無邪気といってもいいほどだ。

「ああ、あれ、きょうだったか」

「そう」

スピカが答えていった。

「きょうが、M33レセプターの解散式」

＊

駅の改札口を抜け、エスカレーターで地上に出ると、街は夜だった。目の前は大きな交差点だ。列をなして停まっていた車両が、青信号に反応していっせいに走り出す。

「ここ、空が広いねえ」

滝沢修太郎《たきざわしゅうたろう》先輩が、夜空を見上げていった。今夜は快晴のはずだが、光が多すぎて星はあまり見えない。

「つくばは初めてですか」

滝沢先輩が目を下ろして、

「一度だけディラックの家に遊びに行ったことがある。そのとき以来かな」

「朱鷺丘先輩がご結婚された後に？」

「もう早希《さき》ちゃんも生まれてたよ」

僕と滝沢先輩は、近くのタクシー乗り場まで歩き、自動タクシーに乗った。行き先を音声入力すると、モニター上の地図に赤い印が現れる。間違いがなければ〈確定〉を指でタップする。

タクシーは静かに動き出し、大通りに入って滑らかに加速した。筑波《つくば》研究学園都市の夜景が外を流れていく。

「朱鷺丘先輩の娘さん、いまおいくつですか」

朱鷺丘先輩に子供、しかも女の子がいるということ自体、僕には想像できないのだが。

「そろそろ小学校に上がるんじゃないかなあ」

「そんなになりますか！」

「あの二人、学生結婚みたいなもんだし、子供もすぐにできたからね。いや、子供が先だったかな。うん、そうだ。デキ婚だった。あれ、いってなかったっけ？」

目眩《めまい》がしてきた。僕のイメージの中にある朱鷺丘先輩と違いすぎる。

「早希ちゃんもめちゃくちゃ優秀らしい。そりゃそうだよな。ディラックと淳子《じゅんこ》さんの子なんだから」

「淳子さんって、どんな方なんです。大学の一年先輩ってことは以前うかがったんですが」

「逞《たくま》しいというか、生命力を感じさせる人だよ。どっちかというと、淳子さんのほうが積極的だった」

「詳しいですね」

「二人をくっつけたのは俺だから」

「マジですかっ！」

「すまん。ちょっと言い過ぎた」

「だと思いました」

「でも、間近で見てきたのは事実だからね。三人でよく遊んだし」

早くも目的地が近づいてきたようだ。到着まであと一分、とモニターに出た。

「ま、ディラックもずいぶんと大人になったよ。高校時代に比べれば、社交性の権化だ」

「記者会見では相変わらずのように見えましたけど」

「あれは記者の質問が悪い。それに、昔のディラックなら、そもそも、ああいう場には出てこない」

「たしかに」

タクシーが明るい大通りから逸《そ》れて、センターラインのない薄暗い道路をゆっくりと進む。まもなく到着します、とアナウンスが流れた。

「間に合ったみたいだな」

タクシーを降りたところは、中華料理店の前だった。店構えは少し古く、昔ながらの大衆食堂っぽい雰囲気がある。赤い暖簾《のれん》をくぐって引き戸を開け、対応した店員さんに名前を告げると、

「お連れ様はもういらっしゃってますよ」

と二階へ案内してくれる。

「緊張してる？」

「ええ、まあ……」

「大丈夫。俺に任せろって」

二階はすべて個室になっていた。そのドアの一つを店員さんがノックして、いらっしゃいましたよ、と呼びかける。その声には、通常の接客を超えた親しみが込められている。

滝沢先輩がドアを開けると、

「遅いぞ」

中から声が飛んできた。

「おまえが早すぎるんだよ。家が近いからって」

滝沢先輩が陽気に返しながら入っていく。

大きな中華料理店によくある回転テーブルではなく、掘りごたつ席だった。テーブルは四人用。

朱鷺丘先輩は、壁に背を預けて左足を伸ばし、右膝《みぎひざ》を立てた恰好《かっこう》で、古びた文庫本を開いていた。

僕を認めて、寛《くつろ》いだ笑みを浮かべる。

「芦川くん、この前は短い時間しか対応できなくて失礼したね」

「あ……いえ、こちらこそ」

なにこの熟《こな》れた会話。

*

提案したのは例によってミオだ。

芦川さんからの報告によれば、私たちの見た映像の内容は、伝えられるべきところにはすでに伝わっていた。新しい仲間探しどころか、私たちがM33レセプターとしてXデーに備える意味すら、事実上なくなったのだ。ならば、一区切り付けるためにも、解散式をしてはどうか。

なにも堅苦しいことをしようというのではない。ただ、みんなで集まり、心ゆくまで思い出話に花を咲かせる。ケイ、ミオ、タクト、アルファ、スピカ、ランスとしての、十七年分の思い出話だ。そして、これを以《もっ》て、M33レセプターの活動、完全終結とする。

ざっくばらんに、思いつくまま過去のエピソードを語り合うみんなの表情は、一様に明るかった。ランスの前で暗い顔はできないという気遣いもあっただろう。ただ、〈選ばれた責任〉からようやく自由になれるという解放感も、間違いなく私たちの心を軽くしていた。

「あのときは本気で帰ろうかと思ったわ」

このところ鬱《ふさ》ぎがちだったスピカも、きょうだけは以前のような勢いをとりもどしている。

「だって、いい歳した大人が集まってなにするかと思えば、しりとりだよ!」

「ランスがいいだしたんだよね」

ミオがいうと、背上げしたベッドに身体を預けるランスが、ははっ、と小さく笑った。

「おれは冗談のつもりだったんだが、アルファがよぅ」

「おれ?」

「そうそう。そうだった」

スピカがふざけてアルファを睨《にら》む。

「でも、結果的には、あれがよかったんじゃないかな。一種のアイスブレイクになって」

タクトの指摘に、私はうなずいた。

「たしかにそう。しりとりをした後だったから、瞑想《めいそう》がうまくいったんだと思う」

「あれはケイのお手柄ね」

とミオ。

「あらためて思うけど、やばかったよね。あの映像」

アルファがいえば、

「とくにランスとタクト。すごく興奮してた」

スピカがそういって二人を見やる。

「そりゃするでしょ! だって六百万年前の地球を宇宙から見ちゃったんだよ!」

タクトの熱弁も当時さながらだ。

「私はね、天の川銀河がどんどん離れていくときにランスがいった台詞《せりふ》が印象に残ってる」

「さらば我が銀河よ」

すかさずスピカがランスを真似て再現すると、どっと笑い声が弾《はじ》ける。私も、それぞれ、と手を拍《う》ちながら、

「とても渋くていい声だった。外国映画で吹替する声優さんみたいで」

「そういうことは早くいってくれ」

ランスがことさら渋みを利かせていった。サービス精神も健在で、私はまた嬉《うれ》しくなる。

話題は尽きない。宇宙船の大群を見てしまったときの動揺。レセプターとしての使命を自覚した瞬間。アルファを中心にして動画を作成した日々。思うような結果が出ない焦り。そして、活動休止を決めた夜。意見のぶつかり合いや反目がまったくなかったわけではないが、それでも決定的な決裂には至らなかった。長年にわたってあの声に悩まされ、あの日、あの映像をともに目撃してしまった仲間たち。

この六人がそろって笑い合う時間は、もう二度とやってこない。私たちは、恐ろしいくらい、そのことを予感していた。過ぎていく一秒一秒が切なくて、愛《いと》おしくて、両腕で抱きしめたくなる。

だが、どのような時間にも、終わりは来る。

会話がわずかに途切れたタイミングで、ミオが私たちに目配せをした。この緩和ケア病棟に面会時間の制限はない。朝までいても追い出されることはないが、ランスの体調のこともある。いかに元気に振る舞っていても、病はこの瞬間も、彼の残り少ない命を削っている。

「あのね、ランス」

ミオが口調をあらためた。

「レセプターとしてはきょうでおしまいでも、友人としての付き合いを続けることはできる。もちろん、続けるかどうかは個人の自由だけど。ただ、わたしとしては、せっかくできた繫《つな》がりを大切にしたいと思ってる。だから、これが最後でもあるし、互いに本名を明かしたらどうかと思うんだけど」

「なんだ、もうお開きか」

ランスの声はひどく寂《さみ》しそうだった。

ミオは首を横に振る。

「中締めみたいなもの。メインイベントはこれからよ」

本名を教え合うことは、事前にみんなの賛同を得ていた。ミオの言葉は、もっぱらランスに向けられたものだ。

「じゃあ、わたしからね」

ミオが椅子から腰を上げ、胸を張ってみんなを見渡す。

「わたしの名前は、沢口明代《さわぐちあきよ》です」

ミオの本名を聞くのは、私も初めてだった。

「明るいに、時代の代と書いて、明代。年齢は勘弁して」

冗談めかしてから腰を下ろす。

続いて私が立ち上がる。

「私の名前は、田代優香《たしろゆうか》です。優しい香りと書きます。ここじゃないけど、病院でカウンセラーみたいなことしてるから、ちょっとしたアドバイスくらいならいつでも」

「マジか……」

私はアルファににこりと応えた。

「次はわたし」

と立ったのはスピカだ。

「わたしは、秦野《はたの》仁美《ひとみ》。仁義礼智の仁に、美しいという字で、仁美」

「ジンギレーチ？」

アルファが素っ頓狂《とんきょう》な声を上げると、

「ごめん。ニンベンに漢数字の二」

「それならわかる」

「次はアルファ」

スピカに指名されたアルファが、ソファから腰を上げる。

「ええと、大久保涼太《おおくぼりようた》といいます。涼しいに太いと書きます。アルファという名前もけっこう気に入ってます」

「じゃあ、私はこれからもアルファって呼んであげるね。人混みのなかで思い切り大きな声で」

「絶対やめて。ケイはほんとにやりかねないから」

和やかな雰囲気の中、タクトが立ち上がる。

「藤原海斗《ふじわらかいと》です。海に、北斗七星の斗です」

「海斗。藤原海斗」

ランスはさっきから、一人一人の名前を心に刻むように、小さな声で復唱している。

みんながランスに注目した。

「……ああ、おれの番か。おれは片山貴教《かたやまたかのり》。つうか、みんなもう知ってるんじゃないのか」

「これからは貴さんって呼ぼうか」

ミオがいうと、

「そのことだけどさ」

アルファがソファの背もたれから身体を浮かして、

「おれたち、明日《あした》からは本名で呼び合うの？」

「そういうつもりで提案したわけじゃないけど、どっちがいいかな」

「区切りを付けるという意味では、本名にしたほうがいいのかも」

まず答えたのはスピカだった。

「白状すると、わたし、スピカという呼び名が、少しつらくなってきたんだよね」

「スピカの由来って、おとめ座でいちばん明るい星の？」

私がいうと、顔をしかめてうなずく。

「若さゆえの自意識が、この歳になると痛いわ」

「そういう意味では、アルファもだよね」

「いうと思った」

私を見て両手を上げる。

「アルファは、なぜ〈アルファ〉と？」

え、という顔でタクトに振り向き、

「だって、カッコいいじゃん」

「アルファらしいね」

ミオが目を細めていう。

「そういうミオは？」

と私。

「わたしは、単純に、当時飼っていた猫の名前。ケイは？」

「私も、とくに意味はなくて、ネットで使っていたハンドルネームをそのまま。タクトは、もしかして指揮棒じゃない？」

タクトがうなずく。

「大学のとき合唱部に入ってたからね」

「合唱やってたのか」

声を上げたのはランスだ。

タクトが驚いた様子で、

「ひょっとしてランスも？」

「おれはバス。その声ならテノール？」

「わかる？」

「なにを唱《うた》った」

「ほんとはヘンデルやモーツァルトを唱いたかったけど、マイナーな小品が多かった。当時の部長がそういうの好きで」

「ああ、いるいる。十八世紀の誰も聞いたことないような古い曲を嬉々《きき》として発掘してくる奴」

タクトとランスが笑みを交わす。

「まさかの共通点ね」

スピカが感心している。

私は意外な気がして、

「スピカも知らなかったの？　ランスが合唱やってたこと」

「ぜんぜん」

「昔の話だからな」

「ランスは、どうして〈ランス〉なの？」

　ミオの質問に私も重ねて、

「たしか、槍《やり》って意味だよね。中世ヨーロッパの騎兵が使う」

「え、ランスロットからでしょ。円卓の騎士の」

　これはタクトの説。

　しかしランスの答えは、

「どっちも違う」

だった。

「おれの場合は、フランスの街の名前だ。ノートルダム大聖堂のある」

「ノートルダム大聖堂ってパリじゃなかったっけ？」

　アルファに答えて、ランスがゆっくりと言葉を紡ぐ。

「ノートルダムというのは、聖母マリアのことでな。同じ名の大聖堂が、いくつもある」

「そうなんだ。知らなかった」

「でもな、歴代フランス王の戴冠《たいかん》式が行われて、あのジャンヌ・ダルクもシャルル七世と訪れたのは、パリじゃなくて、ランスのほうのノートルダムだ」

「行ったことがあるの？」

ミオの問いには、さみしそうに首を横に振る。

「行きたかったんだがな。結局、行けずじまいに――」

「そういうことは早くいいなさいよ！」

とつぜんスピカが叩《たた》きつけるような声でいった。

怒っている。いや……。

悔しがっている。

「もっと早くいってくれてたら……」

「いうタイミングがなくてさ。悪かったよ」

ランスが謝っても、スピカはそっぽを向いて返事もしない。

「スピカ」

ミオに宥《なだ》められてようやく、

「いいよ。許す」

と顔をもどす。

「スピカのそういうところ、久しぶりに見たよ」

空気を和ますためか、アルファが軽い調子でいった。

スピカが気まずそうにため息を吐いて、

「ごめん。こんなときに」

「またハグしてあげようか」

「お願い」

私はベッドを回り込み、スピカの頭と肩を包み込むように抱きしめた。

数秒間、そのままでいたあと、腕を解いて元の椅子にもどる。

「ありがと」

「またいつでも」

「ケイ。おれも一つ頼むよ」

アルファが手を挙げている。

「だめ」

「けち」

これもアルファなりの気遣いだとわかったので、私もわざと冷たく返したのだった。

アルファにも伝わったようだ。口を尖《とが》らせて微笑んでいる。

＊

中学二年から三年にかけての一年あまりの間、朱鷺丘先輩に話を聞いてもらう、それだけのために、自分に足りない知識を補強し、論点をまとめ、短時間で伝えられるよう練習を繰り返した。あの日々が、いまの僕を作ってくれたといっても過言ではない。現代科学の最先端は、新発見の連続だ。新しい知見が得られるたびに、人類の前に新しい世界が広がる。目指すべき地平が拓《ひら》ける。その面白さ、素晴らしさを、一人でも多くの人に伝えたい。この感動を共有したい。それが僕の原動力でありつづけている。その原動力の礎となっているのが、朱鷺丘先輩と議論を交わした、あの宝石のような時間なのだ……といった話をするつもりでいたのに、朱鷺丘先輩ご指定のこの中華料理店、出てくる料理がどれもこれもべらぼうに美味《うま》くてそれどころではない。

「なにこれ、めっちゃうまいじゃん！」

高級中華を食べ慣れているはずの滝沢先輩が驚くくらいなのだ。

「シンガポールの一流店よりうまいぞ」

朱鷺丘先輩はさも当然とばかり、

「値段も高くない」

滝沢先輩が、あらためてメニューをまじまじと見つめ、

「恐ろしい街だ」

「失礼します」

店員さんが顔を見せた。

呼んでもいないのになにかと思ったら、

「こちら、店からのサービスです」

と注文していない一皿を持ってきてくれたのだった。

「朱鷺丘先生にはいつもご利用いただいてますから」

「やったーっ！」

滝沢先輩が子供みたいに歓声を上げれば、朱鷺丘先輩も、

「ありがとうございます」

と高校時代には想像もできなかった爽《さわ》やかな笑顔で応える。

店員さんが、ごゆっくり、と部屋を後にした。

「ディラック、ここじゃ先生なんだ」

滝沢先輩が、持ってきてもらった料理をさっそく小皿に取る。

「この間の記者会見以来、なぜかそう呼ばれてる」

続いて取り分けた朱鷺丘先輩が、僕に皿を回してくれる。

「いつものおまえと違うからびっくりされたろ」

「雰囲気が怖かったといわれた。あれが普通なんだが」

「この店であんな態度とったら淳子さんに蹴《け》っ飛ばされるしな。うわ、これもうまっ！」

「間違いなく離婚だ。うん、うまい」

大学を通して付き合いが続いていただけあって、朱鷺丘先輩と滝沢先輩は、気心の知れた仲というのだろうか、ちょっとした言葉のやりとりにも遠慮がない。僕は率直に、羨《うらや》ましい、と思った。

「芦川くん、ずいぶん静かじゃない」

「緊張してるんです。久しぶりに先輩方二人を前にして」

僕は、せっかく盛り上がっている雰囲気を壊さないよう、努めて軽く返した。

「ディラックには先日もインタビューしたばかりでしょ」

「だって五分間ですよ」

その五分間も、僕だけが一方的にしゃべっていたようなものだ。

滝沢先輩が顔を正面に向けて、

「ディラックさ、記者会見で質問に立ったのが芦川くんだって、わかったの？」

「わかった」

「十六年ぶりなのに？」

「来ると思っていた」

僕は「え」と朱鷺丘先輩を見つめる。

朱鷺丘先輩は、僕の視線を微笑みで受け止め、

「M33シグナルに思い入れのある君が、あの場にいないことはあり得ない」

「先輩、もしかして、僕の書いた記事を……」

「だいたいは目を通してるはずだ」

こともなげにいう。

「芦川翔《しょう》の書くものは面白いから」

その瞬間、僕の目から馬鹿みたいに涙があふれだした。きっと僕は、この一言を求め

てきたのだ。この一言のために全力で仕事に打ち込んできた。朱鷺丘先輩からたった一つの言葉を引き出すために必死になった、あの日のように。

「修太郎、芦川くんはなぜ泣いてるんだ」

「おまえ、そういうところは変わんないな」

滝沢先輩が、皿に残っていた料理を僕の小皿に盛って、

「さあ、食え。若者」

「そういうところ？」

「人情の機微に鈍感だっていってんだよ。さあ、芦川くん」

「はい。いただきます」

僕は涙を拭《ぬぐ》って料理をほおばった。よかった、と思った。よかった、としみじみと思いながら、僕は旨《うま》みを噛《か》みしめた。

とはいえ、いつまでも感慨に浸っているわけにもいかない。

「そういえば芦川くん、例の記事が配信されるのはいつだっけ？」

滝沢先輩、ナイスアシスト。

「明日です」

「例の記事とは？」

「M33シグナルの発見から今回の解読成功までの、十七年間の経緯をまとめたものです。十七年前の僕自身のことにも少し触れていて、ある意味、僕にとっても集大成的なもの

になりました」

「配信はどこで？」

「サイエンスレターズです」

「明日か。楽しみにしよう」

「でも俺たちは登場しないんだよな。若かりし日のディラックとの絡みなんて、いいネタなのに」

「お二人に断りなく書くわけにはいきませんよ」

「俺はぜんぜん構わないけど、ディラックはいまや有名人だから差し障りがあるか」

「でも、もし許可がいただけるのなら、ぜひ書きたいです」

「どうだ、ディラック。かわいい後輩の頼みだぞ」

「大丈夫だと思うが、念のために広報室に確認しておく」

「お願いします。それから」

僕は続けた。

「これは配信日はまだ決まっていないんですが、M33シグナルのレセプターの人たちに取材した記事も出ます。といっても、レセプターのみなさんの主張どおりにM33ETIが地球に来るとしたらいつになるか、という、あまり堅くない、ゆるい感じのものですけど」

朱鷺丘先輩が問うような視線を向けてくる。

「もちろん、レセプターの人たちの見た映像が本物かどうかについては、M33シグナルの解読内容が公表される日を待つしかない、という結論にしてあります。先日のインタビューは完全なオフレコでしたので、そこで知り得た情報については、いっさい触れていません」

朱鷺丘先輩は、まだ視線を動かさない。

僕は、ちょっとだけ目を伏せた。

「やっぱり、M33シグナルの内容に関する質問には、答えてもらえませんか。たとえオフレコでも」

朱鷺丘先輩が、小さく息を吐く。

「部分的な言葉だけが一人歩きされると困る」

過去に、フランスの研究チームが解読に成功したと発表したとき、解読内容の一部が関係者の話としてリークされると、あっという間に尾ひれが付いて広がり、それがきっかけとなって、とある新興宗教の団体が集団自殺を図るという事件があった。

「芦川くんを信用していないわけじゃない。そこは誤解しないでほしい」

「はい」

ここまでは想定の範囲内だ。

「じつは、レセプターのみなさんとは、取材が終わってからもお付き合いさせていただいているんですが、先日、そのうちのお一人から、『時間が存在しないとはどういうことか、わかりやすく説明してほしい』と頼まれまして」

いかにも話題を切り替えるような調子でいった。

「その方は、ちょうど現代物理学の一般向け入門書を読まれていたんです。急に物理学に興味がわいたとのことで」

「へえ、いくつくらいの人なの？」

「六十代の男性です」

「その年齢で物理学を勉強しようなんて、すごいな」

「ほんとにそう思います。もともと好奇心の旺盛《おうせい》な方だったようですが」

「時間が存在しない。ということは、ループ量子重力理論か」

「はい。ただやはり、量子スケールの現象はイメージしにくいようで」

「俺にもわからん。芦川くんはなんて説明したの？」

「それが、うまく説明できなかったんですよ。僕自身、量子重力理論をちゃんと理解できてなくて」

「風だ」

「え」

「乱暴な喩《たと》えを承知でいえば、時間は風だ」

「そこをもう少し詳しく」

滝沢先輩がテーブルに両肘《りょうひじ》を突く。

朱鷺丘先輩が、あの一キロメートル先を見るような目をする。

「風というものは存在しない」

「でも、風が吹けばちゃんと感じるし、枯れ葉だって舞い上がるぞ」

「感じるのは、大量の気体分子がぶつかるときの衝撃だ。枯れ葉を舞い上げるのもそう。風とは、窒素、酸素、二酸化炭素などの気体分子が、熱や重力に起因するさまざまな圧力傾斜に沿って移動するとき、周囲に及ぼす影響の主体として仮定された概念に過ぎない」

「なるほど。時間も同じというわけですね！」

滝沢先輩が目を丸くした。

「いまの説明でわかったの？」

「風という流れがまず存在して、その流れに乗って気体分子が動いているのではなく、気体分子の集合的な流れを、僕たちが〈風〉という概念で捉《とら》えている。時間も同じなんです。時間という流れが存在して、その流れの中で物事が展開しているのではなく、物事の集合的な展開が、僕たちの中に〈時間〉という概念を生み出す。こんどその方と会うときは、そうやって説明してみます」

「いや、たぶんわかんないと思うぞ」

「え、そうですか」

「ただし」

と朱鷺丘先輩。

「現在の量子重力理論は、超弦理論も含めてどれも不完全だ。これから大きな修正が必要になる」

「なんだ。そうなのか」

あれ、と思った。いま、なにかが意識に引っかかった。

「ところでさ」

こんどは滝沢先輩が話題を変える。

「さっきから出てるレセプターってなんなの？」

「あ！　すみません。滝沢先輩にはまだ説明してなかったですね」

「M33シグナルに関係してるってことは、話の流れから察しが付くけど」

僕はM33レセプターのことを簡単に説明した。すると滝沢先輩が目元を険しくして、

「宇宙船の大群って、マジ？」

「少なくとも、レセプターのみなさんは、その映像を見ていると主張していますし、僕もそれは事実だという感触を得ています」

滝沢先輩の無言の視線が、朱鷺丘先輩へ向かう。

「ノーコメント」

「まだなにもいってないぞ」

「レセプターのみなさんは、とにかくこの事実だけでも社会に伝えようとしたんですが、

ほとんど反響がなかったそうです。それでも、いつかは自分たちの体験が役に立つかもしれないと、互いに連絡だけは取り合ってきた。それが、レセプターとして選ばれた自分たちの責任だからと。ところが……」

僕も朱鷺丘先輩をちらと見やって、

「……どうもその映像の情報は、しかるべき公的機関ではすでに把握されていた節がありまして」

「ノーコメント」

「わかりやすいな、おまえ」

「とすれば、映像の情報を社会に伝えるという使命は、半ばすでに果たされていたともいえます」

でもですね、と僕は続ける。

「宇宙船団が地球に向かって出発する場面を目撃してしまった、という事実は変えられないわけですよ。この十七年間、あの人たちは自分の見たものの重さを背負って生きてきたんです。明日にも人類が終焉《しゅうえん》を迎えるかもしれない。そんな予感に怯《おび》えながら。でも、なによりつらいのは、自分たちが見たものが真実なのかどうか、真実だとすればそれはいったいなにを意味するのか、はっきりと知らされないままだったことです。そして、その状態は、いまも続いている」

僕は朱鷺丘先輩に顔を向ける。

「せめて、レセプターの人たちに、シグナルの内容を教えてあげることは、できないんでしょうか。彼らの十七年間に報いるためにも」

「あの解読内容は、まだ検証委員会で認定されたわけではない」

「そうです。それに、認定されれば公表されるので、いずれは知ることができます。あと半年から一年ほど待たなければなりませんが、十七年に比べれば、あっという間です。待てるものなら待てばいいのかもしれない。でも……それでは間に合わない人がいるとしたら」

朱鷺丘先輩が首を傾げる。

「さっきお話しした、物理学の勉強を始めたという、六十代の男性です。その男性、ランスという名前で活動されていた方なのですが、ランスさんはご病気で、もう長くは生きられないんです」

朱鷺丘先輩が目を瞑《つむ》った。

「ランスさんは、M33ETIの目的を、地球侵略ではないかと考えています。シグナルを送ってくる意図はともかく、宇宙船の数を考慮すればそう結論せざるを得ないと。問題は地球に到達する時期ですが、推測するにしても、宇宙船の性能によって一万年単位の誤差が出ます。ランスさんはそのことを踏まえ、これは人間一人の寿命の中で背負い切れるものではない、ともいわれたそうです。だから自分たちの見たものを後世に伝えなければならない。そこまで考えてらした方なんです」

朱鷺丘先輩は、なおも無言の数秒の後に、ようやく目を開ける。

「事情は理解できたが──」

「そういえばディラックさあ」

滝沢先輩がいきなり遮った。

「おまえに一つ、貸しがあったよな」

「貸し……？」

次の瞬間、朱鷺丘先輩の顔色が変わった。

「修太郎、いまそれをいうか」

これほど動揺した先輩を見るのは初めてだ。

「なあ、ディラック」

滝沢先輩の口調に真剣味が加わった。

「芦川くんが信用できる人間だってことはわかってるよな。そのレセプターの人たちだって、部外者ってわけじゃない。むしろ当事者で、ある意味、被害者でもある。一方的に情報を提供させられた上に、十七年間、精神的苦痛を放置されてきたんだから。おまえがシグナルを解読したときだって、その人たちの情報が大なり小なり寄与しているはずだ」

滝沢先輩がさらに畳みかける。

「たとえば、シグナルの中に、ある惑星に向かっているという記述があったとしても、おまえたちだけでは、それがこの地球を意味するとまでは断定できなかったはずだ。いかに地球を思わせる描写があっても、似たような惑星はほかにいくらでもあるだろうからな。だが、レセプターの人たちの見た映像に地球が映っていたとなると話は別だ。M33ETIが目指しているのは、ほかならぬこの星だということになる。そこが明確になっただけでも、シグナルの解読を進める上でかなり助けられたんじゃないか」

朱鷺丘先輩は否定しない。

「こうなると、レセプターは共同研究者といってもいいくらいだよな。解読内容を共有する資格は十分ある」

「そうはいうが――」

「とくに、ランスという人だ。このまま死なせてしまって、ほんとうにいいのか。取り返しはつかないんだぞ」

「シグナルに含まれる情報量は膨大だ。簡単に伝え切れるものじゃない」

「レセプターのみなさんは、自分たちが見たものの意味を知りたがっているんです。必要な情報は、M33ETIはほんとうに地球に来るのか、来るとしたらいつか、その目的はなにか、この三点です。それだけなんです」

朱鷺丘先輩がふたたび目を瞑る。

無言の時間が続く。

さっきよりも長い。

滝沢先輩が僕にウインクした。

朱鷺丘先輩が目を開ける。

「芦川くん」

「……はい」

「その三つだけでいいんだな」

＊

「あのな」

ランスが、やけにあらたまった調子で口を開いた。

スピカに向けて、ではなく、私たちみんなに向けて。

「ええと、なんだ……こういうのは苦手だし、ほんとは好きじゃないんだが……」

アルファとタクトも、ソファから立ち上がってベッドに近づく。

「……ちゃんと言葉にしておかないと、後悔が残ると思うから、いっておく」

ランスの眼差しが、私たち一人一人を捉える。

潤んだその目が、天井を見上げた。

「みんな、ありがとな。楽しかったぜ」

「やめてよ」

スピカがいった。

「そんな言い方、やめてよ」

泣きそうになっている。

「そういわれると思ったが、どうしてもな」

ランスが照れくさそうに笑う。

そのとき。

「スピカ」

ミオの声が明るく響いた。

手にした端末をスピカに向ける。

画面が光っている。

「来たよ」

ミオの顔に笑みが広がった。

「じゃあ……」

タクトとアルファが同時に動いた。ソファの前のテーブルを二人で持ち上げ、ランスのベッドの正面に移動させる。

ミオが、そのテーブルの中央に、たったいまバッグから取り出したドーム型の小さな物体を置く。

「おい、なんだ、そりゃ。なにが始まるんだ」

「ランス、よく聞いて」

スピカがいった。

＊

いま、朱鷺丘先輩は、さっきまで滝沢先輩のいた場所、僕の左隣に座っている。でも僕のほうを見ようともせず、顔は真正面に向けたまま。憮然《ぶぜん》としているようでもあるし、怒りを堪《こら》えているようでもある。

「すみません」

僕は小声で謝った。

「心配ないよ、芦川くん」

滝沢先輩がいつもの調子でいった。

「それは、この状況を面白がっている顔だ。腹を立ててるんじゃない」

テーブルの上は、すでに片づけられている。その向こうに置かれた台座の上には、完全開放型3Dプロジェクター。例の〈デーモン・コア〉だ。滝沢先輩は、内蔵カメラの死角になる場所に立っている。

「……そうなんですか」

「君たち二人に待ち伏せされた日を思い出していた」

きっかけは、ミオさんから送られてきた、M33レセプターの解散式をするのでよければ顔を出してくれないか、というお誘いのテキストだった。ほかの人たちの了解もとってあるし、なによりランスが会いたがっていると。ところがあいにく、その日はすでに朱鷺丘・滝沢の両先輩と会う予定が入っていた。お二人とも多忙の身だ。日程を動かすことは難しい。泣く泣く断りのテキストを入力しているとき、ふと閃《ひらめ》いた。

奇《く》しくも、レセプターの人たちが一堂に会する同日同時刻に、別の場所で僕たちも集まる。デーモン・コアを使えば、その二つの場所を繋ぐことは造作もない。アルファさんが望んだ形を実現できるではないかと。もちろん、朱鷺丘先輩から質問の答えを引き出せる目処《めど》が立つことと、双方にデーモン・コアを用意できることが大前提ではあるが。

とりあえず滝沢先輩に相談したところ、デーモン・コアの調達については『おやすいご用だ』と請け合ってくれた。その上で、朱鷺丘先輩の説得にも力を貸してくれるというので、僕たちは、どうやって話を持っていくか、当日のシミュレーションを入念に繰り返した（もはや解説も不要だと思うが、この時点で滝沢先輩にはレセプターのことを説明してある。さっき知らないふりをしたのは、僕にレセプターの人たちの話をさせるための布石だったわけだ）。こんな罠《わな》にはめるような真似をしたら朱鷺丘先輩を本気で怒らせてしまうかもしれない、との不安はあったが、滝沢先輩は『大丈夫だろ』というばかりだし、万が一怒らせてしまっても『そのときは淳子さんに泣きつくよ』と、どこまでも楽観的なのだった。結局、滝沢先輩が正しかったことになる。

「修太郎、これで借りは返したぞ」

朱鷺丘先輩の声に、滝沢先輩が笑みで応える。

「おっと、向こうも準備ができたみたいだ」

ミオさんたちにもこの計画を説明し、了承を得た。うまくいかなかった場合を考えて、ランスさんにはぎりぎりまで伏せておくことにしてあった。

そうして、きょうという日を迎えたのだ。

「映像、出すぞ」

＊

空中に直径一メートルほどの球形が現れ、そこに立体映像が浮かび上がった。完全開放型3Dプロジェクターというものがあるとは知っていたが、実際に使うのは初めてだった。

「すごいな。ほんとうに目の前にいるみたいだ」

「こりゃ驚いた」

タクトやランスも同様らしい。

二人とは対照的に、アルファの表情は硬い。高精度の空中立体映像を珍しがっているというより、これから知らされることに思いを馳《は》せているように見えた。

球形の空間に映し出されたのは、こぢんまりとした部屋のようだった。焦げ茶色のローテーブルに男性が二人、こちらを向いて着席している。一人はおなじみの芦川さんだ。そして、もう一人は……。

『みなさん、ご紹介します』

芦川さんが胸を張った。

『M33シグナルを解読したチームのリーダーを務める、宇宙生命研究機構の朱鷺丘昴《すばる》主任研究員です』

＊

もしかしたら僕は、よけいなことをしてしまったのではないか。

そんな不安が脳裏を過《よ》ぎったのは、僕と朱鷺丘先輩に向けられたランスさんたちの瞳《ひとみ》の奥に、怯えの影を感じたからだ。真実に直面することへの怯えを。

「朱鷺丘先輩。こちらが、M33シグナルのレセプターのみなさんです。左から、ケイさん、ミオさん、ランスさん、スピカさん、タクトさん、アルファさん」

『朱鷺丘先生』

ミオさんの声も、これまでになく硬い。

『きょうは、このような機会を設けていただいて、ありがとうございます』

「M33シグナルを解読する上で、みなさんの情報が重要な役割を果たしたのは間違いありません。まずは、そのことに御礼を申し上げます」

朱鷺丘先輩の物腰は、記者会見のときとは別人のようだった。

「ご承知のことと思いますが、本来は解読内容を漏らすことはできません。ここで見聞きしたことは、ここだけのことにしてください」

『心得ています』

ミオさんの返答に、ほかの五人がうなずく。

「これから僕が、朱鷺丘さんに質問をします。M33ETIは地球に来るのか。来るとしたらいつか。目的はなにか。この三つです。朱鷺丘さんには、この三つの質問にだけ答えていただけることになっています。ですが、その前に、みなさんに、最後の確認をさせてください」

僕は一呼吸おいた。

「ほんとうに、このまま質問の答えを聞くことになっても、いいですか」

ミオさんが困惑したように眉《まゆ》を寄せる。

「後悔しませんか」

水を打ったような空気の中、いちはやくランスさんの表情がゆるんだ。

『おれはどうせ長くない。おれはこの場で真実を知りたい。だが、おまえさんたちは違う』

左右の仲間に目をやる。

『以前、ミオがいったように、知ってしまったら、知る前にもどることはできない。その覚悟を問うているんだよ。芦川くんは』

『なんだ。そんなこと』

スピカさんが軽くはじくようにいった。

『わたしは聞く。いまさら怖いものなんて』

『ここに来てお預けはないですよ』

タクトさんも同調した。

『そうね』

『異議なし』

さらにミオさんとケイさんが続く。

しかし、アルファさんだけは、顔を伏せたまま、意思を示さない。

『遠慮しなくていいよ、アルファ』

ケイさんがいった。

『聞きたくないのなら、しばらく席を外していればいい。だれも責めたりしない』

アルファさんが首を左右に一振りして、

『聞くよ』

顔を上げた。

『もともと、こういう形は、ぼくが望んだことだ』

ランスさんが僕に微笑む。

『ごらんのとおり、全員一致だ』

「わかりました」

『すまんな。気を遣わせてしまって』

「……いえ」

結論は出た。これ以上、僕に口を挟む権利はない。

ではあらためて、と朱鷺丘先輩に顔を向ける。

「最初の質問をします」

ランスさんたちの息を詰める気配が、映像越しにも伝わってくる。

「M33ETIは、地球に来るのでしょうか」

この質問に関するかぎり、答えはすでに出ているも同然だ。これまでの状況から考えても、M33ETIが地球に向かった事実は動かしがたい。

だが、あらためてM33シグナルの解読者の口から明言されることには、大きな意味がある。

事実としての、決定的な重みが加わる。

「M33ETIは──」

朱鷺丘先輩が、ランスさんたちに、あの一キロメートル先を見るような目を向けた。

「──地球には、来ません」

「……え」

思わず間の抜けた声を上げてしまったのは僕だ。

ランスさんたちは戸惑いもあらわに沈黙している。

「彼らが地球に来ることは、未来永劫《えいごう》、ありません」

『……でも、先生よぅ』

ようやくランスさんが口を開く。

『おれたちは見たんだ。奴らの宇宙船が地球に向かって出発するのを。あの青い星は地球じゃなかったというのか。それとも、おれたちの見た映像そのものが偽物だったのか』

「ランスさん、申し訳ないのですが、個別の質問は──」

朱鷺丘先輩が、僕の腕に触れた。

構わない、とでもいうように首を小さく横に振ってから、ランスさんに目をもどす。

「みなさんの見た映像は、M33ETIが送ってきたものです。そして、彼らがこの地球に向けて出発したことも、間違いのない事実です。しかし、彼らは、地球に到達するどころか、おそらくはM33銀河さえ出ることなく、力尽きた」

『力尽きた？』

「全滅したと思われます」

『……全滅』

ミオさんが口を手で覆った。

「理由はわかりません。M33シグナルに、それに該当する記述は見当たりません」

『それは、確かなことなのですか』

こんどはタクトさんだ。

「シグナルの内容に踏み込まざるを得ないため、具体的な根拠をここで申し上げることはできませんが、疑いの余地はきわめて限られます」

朱鷺丘先輩がここまでいう以上、間違いないのだ。

『ということは、いまも届いているM33シグナルは、彼らが遺《のこ》したなんらかの装置によって自動送信されているものだと』

「そうです」

M33ETIは地球に来ない。ならば、二つ目の質問、彼らはいつ来るのか、という問いは、もはや意味をなさない。しかし、三つ目の問いは、まだ有効だ。その点をタクトさんが質《ただ》した。

『彼らが地球に向かった目的は、なんだったのですか』

「移住です」

朱鷺丘先輩の説明によると、こうだ。

M33ETIの生まれた惑星は、海のある水惑星で、多少の気候変動はあったものの、数十億年にわたって、生命活動の可能な環境が維持されていた。しかし、星には寿命がある。

一般に恒星は、水素の核融合反応によってエネルギーを放出しているが、その反応は徐々に活発化する性質を持つため、星から放出されるエネルギー量も、時間とともに増大する。たとえば、地球の母星である太陽は、誕生してからの四十五億年の間に、三十パーセントほど明るくなったとされている。

ところで、太陽から届くエネルギーが増えれば、地表は温められるが、地表から放射される赤外線も増える。その結果、地球に入ってくるエネルギーと、地球から宇宙に出ていくエネルギーは、ちょうど釣り合う。だから僕たち人類は、地球で生きていける。

しかし、地表に水がある場合、宇宙に逃がせるエネルギーには上限があることがわかっている。これを射出限界というが、仮に、射出限界を超えるエネルギーが地球に入ってくるとどうなるか。

エネルギーが溜まる一方になるので、地表の温度は上昇するしかない。そして温度が高くなれば、地表の水の蒸発が進み、大気中の水蒸気が増える。問題は、この水蒸気が、二酸化炭素以上に強力な温室効果を持つということだ。増えた水蒸気は気温を上昇させ、高温になった大気が水の蒸発に拍車をかけ、これがさらに大気の温度を押し上げ……という連鎖が加速する。この連鎖がいったん始まってしまえば、止める術《すべ》はない。地表から最後の一滴が蒸発するまで続く。いわゆる暴走温室状態だ。もし地球の海水がすべて蒸発すれば、その温室効果によって、大気の温度は一〇〇〇℃を超えるといわれている。

M33ETIの惑星は、まさにこの暴走温室状態に突入しようとしていた。もちろん、彼らはそれを事前に予測し、長い歳月をかけて対応策を準備した。それが、居住可能な系外惑星、つまり、天の川銀河にある太陽系第三惑星・地球への移住である。

『そこが、どうしてもわからない』

ランスさんがいった。

『なぜ地球なんだ』

「M33ETIにとって、到達できる可能性がわずかでもある範囲において、一億年以上にわたって生存に適した環境が保たれると期待できる系外惑星が、地球しかなかったからです」

『そんな馬鹿な……』

タクトさんが呆然《ぼうぜん》と漏らした。

「M33ETIは、少なくとも三百万光年までの距離にあるすべての惑星を把握していたということでしょうか」

僕もとうとう我慢できずに聞いてしまった。

「それだけではない。個々の惑星の性質や環境までも正確に分析していた」

M33ETIの科学力ならば、そのくらいは驚くべきことではないのかもしれない。しかし……。

「M33銀河だけでも数百億の恒星があるとされています。アンドロメダ銀河は一兆個。

天の川銀河にも二千億個。その多くが惑星を持ち、地球に似たものも無数にあったはずです。なのに、移住に適した惑星が地球だけというのは、にわかに信じられません」

「芦川くんらしくないな」

朱鷺丘先輩がいった。

「我々が信じるかどうかは問題ではない」

僕ははっと我に返る。

「……そうでした。すみません」

興奮して取り乱してしまったようだ。

「僕たちが信じようが信じまいが、M33シグナルは、M33ETIがそう結論を下したと告げている。重要なのは、そこでした」

『地球がそれほどまでに特別な星だということでしょうか』

ミオさんがいった。

朱鷺丘先輩があらためて前に目を向ける。

「なにを以て特別というかによりますが、生命が長期間にわたって存在するための条件が、数多くそろっていることは間違いありません。例を挙げれば——」

一つは天の川銀河におけるロケーションだ。地球を含む太陽系のある位置は、生命を構成する元素にも不足しない上、星が密集している空域から外れているため、ガンマ線バーストや超新星爆発に巻き込まれるリスクも少ない。

二つ目は、母星である太陽。太陽はほどほどの大きさで、寿命も百億年くらいあるが、仮に太陽の質量がいまの倍あったとすると、約十億年の寿命しかない。たとえ惑星に生命が誕生しても、進化する猶予はほとんどなかっただろう。

逆に、太陽より質量が小さければ、寿命は長くなるが、放射する熱や光も弱くなるので、水が凍結せず液体として地表に存在できるハビタブルゾーンは、恒星の近くに限られる。ところが、このような暗い恒星でも、近づけば有害な紫外線は強く、生命には不都合だ。

三つ目は、地球より外側の軌道に、質量の巨大な惑星が木星と土星の二つある、という点だ。巨大な質量は巨大な重力を生む。その重力が、遠くから落ちてくる彗星《すいせい》の軌道を変えて弾き飛ばす。もし巨大惑星、とくに木星がなければ、彗星や小惑星がもっと頻繁に地球に衝突していたはずだ。

では、巨大惑星が三つ以上あったらどうなるか。この場合は、巨大惑星の重力が複雑に作用し合って軌道が乱れ、地球もその煽《あお》りを食って太陽に落下したり太陽系外に弾き出されたりしていた可能性が高い。

四つ目は月の存在。月は、地球の自転を安定させるスタビライザーの役目も果たしている。もし月がなければ、あるいは月がいまよりずっと小さければ、地球の自転軸は大きくぶれ、数十万年という短い周期で激しい気候変動に見舞われることになり、やはり生命にとっては厳しい環境になっていただろう。

「いま挙げた外的要因は、現在わかっていることのほんの一部に過ぎません。これに加えて、地球そのものの性質に起因するものもあります」

たとえば地球の内部構造。地球の中心にある内核は固体だが、その周囲を包む外核では、高温の鉄やニッケルがどろどろに溶けた状態で対流しており、これが磁場を発生させる。この磁場が防御バリアとなって地球を包み込み、宇宙を飛び交う高エネルギー粒子（放射線）が地球に落ちてくるのを防いでいる。

さらに地球には、温度調節システムとでも呼びたくなる仕組みが備わっていて、これが地表の温度を安定させている。このシステムの要《かなめ》は、温室効果ガスである二酸化炭素を適切な量に保つことだ。

現在の地球の平均気温は約一五℃だが、二酸化炭素がなければ氷点下一八℃まで下がって地球は凍りつく。逆に増えすぎれば灼熱《しゃくねつ》の星になる。二酸化炭素の量が適切に保たれているのは、気温が上がると大気から二酸化炭素を取り除き、気温が下がると大気に放出するようなシステムが働いているからだ。煩雑になるのでこれ以上の説明は省くが、そのシステムの駆動力となっているのが、地球の表面を覆う十数枚の硬い岩盤（プレート）が海溝に沈み込みながら動く、いわゆるプレートテクトニクスである。ただし、このシステムの効果が現れるのは百万年単位なので、人間が一生の中で感じとれるものではない。

『M33ETIは、プレートテクトニクスの存在まで見抜いていたのですか』

タクトさんは、まだ信じられないという顔をしている。

「ほかにも、地球の大きさ、大陸の存在、酸素や水の量など、必要な条件は数え上げれば切りがありません。そのうちの一つが欠けても、人類はこの星で文明を築けなかったでしょう。たとえ生命が誕生しても、知的生命に進化するまでの時間や、知的活動を支えるエネルギーを確保できないからです」

ここで試しに、地球と同じような惑星が存在する確率を、ざっくりと計算してみよう。

あくまで、ざっくりと。

仮に、ある恒星が、ある銀河において、星が密集していない比較的安全な場所に位置する確率を〈千分の一〉とする。

その恒星が太陽と同レベルの寿命を持つ確率を〈十分の一〉。

さらにハビタブルゾーンに地球と同サイズの惑星がある確率を〈百分の一〉。

その惑星に適切な比率で大陸と海が存在する確率を〈百分の一〉。

惑星が防御バリアとなる地磁気を持つ確率を〈十分の一〉。

同じく適切な濃度の酸素と二酸化炭素が存在する確率を〈百分の一〉。

温度調節機能を果たすプレートテクトニクスが存在する確率を〈十分の一〉。

スタビライザーの役割を担う適度な質量の衛星（月）を持つか、ほかの要因によって自転軸が安定している確率を〈百分の一〉。

その惑星の外側の軌道に、彗星や小惑星から守ってくれる巨大惑星が一つないし二つある確率を〈十分の一〉。

はっきりいって、それぞれの数値に根拠はほとんどないが、実際の確率よりは高いと思う。それでも、これらの条件をすべて満たす確率を計算すると〈千兆分の一〉という数字になってしまう。これは、アンドロメダ銀河千個分の恒星を探査して、やっと一つ見つかるかどうか、というレベルだ。

『しかし、その地球にも、過去に生物の大量絶滅があったのでは』

タクトさんの問いに、朱鷺丘先輩がうなずく。

「たしかに、小惑星の衝突や火山活動によって、わかっているだけで六回の大量絶滅が起きています。しかし、そのダメージはいずれも一時的なもので、生命環境を根底から破壊するまでには至っていません。生態系は、危機のたびに姿を変えて復活し、命を繋いできた。それを可能にしているのが、地球という惑星です」

『天の川銀河にも、アンドロメダ銀河にも、M33銀河にも、こんな精巧な生命維持装置みたいな星は、ほかにない。だから奴らは、地球を目指すしかなかった、ということか』

ランスさんが一語一語確認するようにつぶやく。

「むしろ彼らにしてみれば、地球のような理想的な惑星を、わずか三百万光年という近距離に見出《みいだ》せたことは、僥倖《ぎょうこう》と呼ぶべきものだったのかもしれません」

「しかし、なぜでしょうか」

僕は思い切って、その疑問を朱鷺丘先輩にぶつけた。

「M33ETIは、なぜ、自分たちが行くはずだった地球に向けて、シグナルを送ろうとしたのでしょうか」

朱鷺丘先輩が表情を和らげる。

「君の仮説は正しかったよ」

「僕の……？」

「君の、十七年前の仮説だ」

朱鷺丘先輩が、ランスさんたちに向き直った。

「M33シグナルは、M33ETIの遺言です」

終章　FUTURE

球形の立体映像が消え去った後には、時間の流れが止まったかのような静寂が残された。

ランスは、口を真一文字に引き結び、宙に目を凝らしたまま黙している。

スピカは、そんなランスを無言で見つめている。

ミオは、大きな息を一つ吐いたきり、固まったように動かない。

タクトは、ソファに身体を預けて、天井を仰いでいる。

その隣に座るアルファは、組んだ両手を前に投げ出して、うなだれている。

私も言葉が出てこない。

「……来ないんだ、はは」

アルファはそう小さく笑うと、両手で顔を覆った。抑えた嗚咽《おえつ》が、指の間から漏れてくる。

そのアルファの肩を、タクトが黙って抱いた。

私はミオと、ささやかな笑みを交わす。

ふたたび時間が流れだす。

スピカがランスの額を撫《な》でた。

「ご感想は？」

ランスが目から力を抜き、スピカに向ける。

「すっきりしたよ」

「そうね」

ミオがいった。

「わたしもすっきりした」

タクトも深くうなずく。

「芦川さんに、ちゃんとお礼いわなきゃね」

スピカが、いった。

＊

夜空は最高に澄んでいる。

中華料理店を出た僕たち三人は、だれがいうともなく、つくば駅に向かって歩きはじめた。この空の下を歩かないという選択肢は、僕たちの頭を掠《かす》めもしなかった。

学園都市には広い歩行者専用道路が整備されていて、三十分も歩けば駅にたどり着けるらしい。所々に街灯の光はあるものの、街の中心部から少し外れているせいか、目が慣れてくると思ったより星がたくさん見えた。もしかしたらM33銀河も見えるんじゃないかと目を凝らしたが、さすがにそれは無理だった。

僕、滝沢修太郎先輩、そして朱鷺丘昴先輩。この三人で星空の下を歩ける日がまた来るなんて……。あれから十六年も経ったとは信じられない。いろいろなことがあったはずなのに、一瞬で過ぎ去ったように感じる。

一夜の夢みたいに。

「やっぱり、天の川銀河には、俺たちしかいなかったってことか。ちょっと寂しいな」

滝沢先輩の声が星空に響いた。

「そうかな」

隣を歩く朱鷺丘先輩が応《こた》える。

「M33ETIといえども神ではない。すべてを完璧《かんぺき》に見通していたとは限らない。現に彼らは、M33銀河の壁を越えられなかった」

「なるほど……たしかにそうだ」

きっと宇宙には、M33ETIでさえ驚嘆するようななにかが、まだ無数にある。もしかしたら、その一つを、僕たち人類が見つけるかもしれない。

「あの、朱鷺丘先輩。一つ聞いていいですか」

朱鷺丘先輩が、前を向いたまま、小さくうなずく。

「レセプターの人たちのことですけど、質問はあの三つだけという条件だったのに、どうして……」

「そりゃあ決まってるだろ」

朱鷺丘先輩の向こうから滝沢先輩が顔を出す。

「M33レセプターに対するリスペクト、だよな」

「そうなんですか」

「そういうことにしておこう」

朱鷺丘先輩が口元に笑みを浮かべる。自宅の天体望遠鏡を僕に覗《のぞ》かせてくれたときと同じ笑みを。

「……ありがとうございました」

そう口にした瞬間、ぞっとするような感覚が背中を趨《はし》った。

これは、ぜんぶ、ほんとうに夢なんじゃないか。

ふと、そんな気がしたのだ。

いま僕は長い夢を見ているだけで、すべては僕の密《ひそ》かな願望を反映した幻に過ぎないんじゃないか。ほんとうは、まだなにも始まっていないんじゃないか。目が覚めたら母の「翔ちゃん、早く朝ごはん食べなさい！」という声が聞こえるんじゃないか。朱鷺丘昴、滝沢修太郎という二人の先輩も、僕が勝手に創り出した架空の人物で、実在しないんじゃないか。それどころか、M33シグナルなんてものも──。

「ところでさ」

滝沢先輩の声で我に返った。

「あれ、芦川くん、どうしたの」

「あ、いえ……なんでもないです。すみません」

大丈夫。

これは現実だ。

いま、僕は、現実の世界を生きている。

M33さんかく座銀河に地球外知的生命が確認され、朱鷺丘先輩と滝沢先輩が実在する、素晴らしい世界を。

「いまさらなこと聞くけど、ディラックたちの解読したものが検証委員会で否定されるって心配はないの？」

万が一そんなことになれば、さっきまでのレセプターの人たちとのやりとりは、まったくの無意味になる。なにもかもが振り出しにもどる。僕にとっては想像もしたくない事態だが、たしかに可能性はゼロではない。

「わからない」

朱鷺丘先輩の返答は、素っ気ないものだった。

「半年か一年後には、はっきりするだろう」

＊＊

しかし、実際に検証委員会の裁定が下されたのは、このつくばの夜から一年と四ヵ月後のことだ。予定よりも時間がかかった理由は不明だが、結論からいうと、僕と滝沢先輩の心配は杞憂《きゆう》に終わった。朱鷺丘昴主任研究員の率いるチームがM33シグナルの解読に世界で初めて成功したと、公式に認められたのだ。

解読された内容は、ただちに全世界に公表された。なんといっても人類史上初の、異星人による文書だ。大きな話題にならないわけがない。僕も、ダウンロードしたものを一週間かけて目を通した。が、正直いって、ほとんど理解できなかった。

M33ETIが地球へ向かった理由については、朱鷺丘先輩から聞いていたとおりだ。途中で全滅した原因は、はっきりとは書かれていない。おそらく、一つではなかったのだろう。過酷な長い旅の中でさまざまなトラブルが積み重なり、脱落する宇宙船が徐々に増え、最後の一隻が航行不能に陥るに至って、シグナルの送信を決断したものと思われる。このようなケースも想定して、シグナルや送信装置は事前に準備してあったに違いない。しかし、これら一連の経緯を記した部分は、M33シグナルのほんの前置きでしかなかったのだ。

M33シグナルの大部分は、M33ETIの科学文明に関する情報だった。そしてその内容は、基礎科学理論からテクノロジーまで幅広く、またそのレベルもきわめて高度、というより、当然といえば当然なのだが、人類の科学水準をはるかに超越するものだったのだ。

人類がM33シグナルに含まれる情報を完全に理解し、自在に応用できるレベルまで達するには、早くても五十年はかかるという。いや百年でも無理だとする専門家さえいる。これらの数字はいくらなんでも悲観に過ぎるんじゃないかと僕には思えるのだが、いずれにせよ成就の暁には、人類の科学水準は桁違《けたちが》いに跳ね上がり、まったく新しい次元に突入するだろう。

たとえば光速航行技術。M33シグナルには、光速航行のための推進力から宇宙船の形状、材質、姿勢制御の方法まで、あらゆる情報が網羅されている（らしい）。人類が未《いま》だに、羽毛のように軽い探査機を光速の二十パーセントまで加速させることすらできないでいる現状を思い起こしてほしい。

また、M33シグナルに書き込まれている数式らしきものの一部は、量子重力理論に関するもので、しかもそれはループ量子重力理論とも超弦理論とも異なるという（たぶん朱鷺丘先輩はこのことに気づいていた）。もしこれが量子重力理論の完成形だとすれば、それを手中にした人類は、全宇宙を含むこの世界の正体に大きく近づくことになる。

それだけではない。M33シグナルには、人類がその存在に気づきもしていない未知の基礎理論も多数含まれているようなのだ。これらの情報が、科学の発展、とくに宇宙開発に与えるインパクトは計り知れない。

ところが、だ。

物理学やテクノロジー分野の情報がきわめて豊富である一方、M33ETI自身に関する情報、たとえば彼らの歴史や芸術、思想、社会制度、身体の構造、エネルギー代謝の仕組み、彼らの惑星に棲息《せいそく》していたほかの生物に関する情報は、極端に少ない。

とくに生物関係の情報があれば、生命に対する人類の理解も相当に深化していたはず（もし地球の生物との共通点が見つかれば、それは生命における普遍的な要素である可能性が高い）なのに、なぜか彼らは、自分たちに関する情報を不自然なほど排除している。

謎はまだある。

彼らはシグナルを暗号化しているが、なぜそんなことをする必要があったのか。異星文明の言語を解読するだけでも簡単ではないのに、なぜ解読をさらに困難なものにしなければならなかったのか。

この点については、現在さまざまな説が乱れ飛んでいるが、もっとも僕の考えに近いのは、セーフティロック説だ。

M33ETIは、自分たちの命運が尽きたと悟ったとき、自分たちが行くはずだった地球に向けて、シグナルを送った。もちろん彼らは、この惑星に誕生することになる人類の存在など知らない。しかし、この惑星ならば、知的生命が文明を築く可能性は十分あると考えていた。彼らは、この未来の知的生命を、シグナルの受け手として想定したはずだ。

にも拘《かか》わらず、当の知的生命に伝える情報には、M33ETI自身に関するものはほとんど見当たらない。もし、自分たちの生きた証《あかし》を遺《のこ》そうとしたのであれば、もっと彼ら自身の情報が含まれていなければおかしい。それがないということは、シグナルの目的は〈生きた証〉云々《うんぬん》ではない。

では、なにが目的だったのか。

ここからは僕の推測になるが、やはり彼らは、自分たちの〈生きた証〉を遺そうとしたのではないか。しかし彼らの考える〈生きた証〉とは、自分自身の記録ではなく、自分たちが長い歳月をかけて得てきた、宇宙に関する普遍的な〈知〉だったのだ。

ここでいう普遍的な〈知〉とは、宇宙の根源的な成り立ちと仕組みを巡る知識だ。それを突き止め、理解することは、この宇宙に生まれた知的生命にとって、共通にして最大のテーマといっていいだろう。

どうやらM33ETIは、このテーマについて、相当な程度まで解明していたと思われる。そして彼らは、その価値も完璧に理解していた。この貴重な〈知〉の松明《たいまつ》を、自分たちの運命の道連れにするわけにはいかない。後を託せるとすれば、自分たちの目指していた惑星、すなわち地球に誕生するかもしれない知的生命しかいない。

M33シグナルの目的は、銀河を超えた〈知〉の継承。

そう考えると、シグナルに含まれていた光速航行技術の情報に、別の意味が浮上する。

じつは、地球上に生命が存在できるのは、あと十億年くらいとされている。長いと思われるかもしれないが、地球に生命が誕生して四十億年が経っていることを考えると、生命の星としての地球はすでに晩年にさしかかっている。

では、十億年後の地球になにが起こるかというと、地球に入ってくる太陽エネルギーが射出限界を突破して、気温上昇の連鎖のスイッチが入り、大気の温度が一〇〇〇℃を超える。

そう。M33ETIの惑星を襲った、あの暴走温室状態だ。過去の大量絶滅の比ではない。環境が根底から崩壊し、地球における生命はすべて消滅する。もはや復活の望みはない。当然、M33ETIも、このことを知っていただろう。

十億年を超えて文明を存続させるには、生存可能な新しい惑星に移住するしかない。そのとき不可欠になるのが、光速航行技術だ。

M33ETIは、シグナルを通して、こう訴えているのではないか。残された時間内に、我々のものより優れた宇宙船を建造し、天の川銀河を脱出して次の星を目指せと。我々が託した〈知〉の松明を、どうか消さないでくれと。

いや、それはおかしい、という反論もあるだろう。彼らはシグナルを暗号化して、解読を妨害しているではないか、と。

でも僕はむしろ、ここにM33ETIの配慮を見る。

M33ETIは、シグナルに書き込まれた〈知〉の危険性も熟知していた。知性の未発達な種族が手を出すと大火傷《おおやけど》を負う。下手をすれば種族ごと自滅しかねない。そのリスクを少しでも減らすために、知性が一定のレベルに達するまで解読できないよう暗号化した。つまり、安全装置《セーフティロック》をかけたわけだ。

いかがだろう。

M33ETIがどのような種族であったか、うっすらと見えてくるような気がしないだろうか。

宇宙には数千億の銀河がある。ということは、地球と同じような惑星が、一億くらいあってもおかしくない。

果たして十億年後の人類は、天の川銀河を飛び出し、M33ETIさえ成し得なかった銀河間航行を、成功させることができるだろうか。その前にあっさり滅亡していそうな気もするけど、たとえ人類が地球での滅亡を回避できなくなったとしても、遠い宇宙のどこかに知的生命が生まれうる星を見つけ出し、そこにシグナルを送るくらいにはなっていてほしい。もしかしたら、その星で生まれた新しい知的生命が、僕たち人類から受け取ったシグナルをもとに、今度こそ銀河間航行を成功させるかもしれないのだから。

いずれは宇宙のすべてが燃えつき、あらゆる生命の火も消え、時間の止まるときが来る。その瞬間まで、人類がM33ETIから託された〈知〉の松明が、はるかな時空を超え、知的生命から知的生命へ、銀河から銀河へと、輝きを増しながら受け継がれていく。

そんな未来を想像するだけで楽しくなってくるではないか。

さあ、僕の話もそろそろ終わりに近づいてきた。

元M33レセプターの人たちのことにも触れておこう。

残念ながら、ランスさんが検証委員会の結果を見届けることはなかった。スピカさんに見守られての、安らかな最期だったという。先日の一周忌の集まりには僕も参加させてもらい、ミオさん、ケイさん、タクトさん、アルファさん、スピカさんと再会した。みなさんお元気そうで、僕もほっとした。

滝沢修太郎先輩は相変わらず、シンガポールで充実した日々を送っている。いま、現地で出会ったノルウェーの方との結婚を考えているそうで、次に帰国するときに紹介してもらえることになっている（僕も結婚したいよー）。

そして朱鷺丘昴先輩。

検証委員会の認定が下りてからメディアで大々的に取り上げられ、ふたたび〈時の人〉となった感があるが、朱鷺丘先輩自身はすでに次の研究テーマに取りかかっている。そのテーマとは〈人類が生存可能な系外惑星探査〉だ。M33シグナルにあった情報をもとに、まったく新しい探査方法を模索しているとのことで、近々、その最初の成果が発表されるらしい。記者会見があれば、もちろん僕は真っ先に駆けつける。もしかしたらこれが、人類天の川銀河脱出への、記念すべき第一歩になるかもしれない。

あ、そうだ。

最後に一つ、あの日の中華料理店でのやりとりについて補足しておこう。

気になっていた人もいると思うけど、滝沢先輩が口にした、朱鷺丘先輩への〈貸し〉の件だ。じつは、僕はもう内容を知っているのだが、ちょっとここに書くわけにはいかない。ただ、淳子さんが関係している、とはいっておく。それ以上については、朱鷺丘先輩の了解を得られ次第（得られるかどうかわからないけど）、みなさんにだけ、こっそりとご報告しようと思う。

乞《こ》うご期待！

参考文献

『すごい物理学講義』
カルロ・ロヴェッリ著　竹内薫監訳　栗原俊秀訳　河出書房新社
『時間は存在しない』カルロ・ロヴェッリ著　冨永星訳　ＮＨＫ出版
『宇宙が始まる前には何があったのか？』
ローレンス・クラウス著　青木薫訳　文藝春秋
『量子の海、ディラックの深淵　天才物理学者の華々しき業績と寡黙なる生涯』
グレアム・ファーメロ著　吉田三知世訳　早川書房
『量子革命　アインシュタインとボーア、偉大なる頭脳の激突』
マンジット・クマール著　青木薫訳　新潮文庫
『決定版　量子論のすべてがわかる本』科学雑学研究倶楽部編　学研プラス
『生命の星の条件を探る』阿部豊著　文春文庫
『地球外生命　われわれは孤独か』長沼毅、井田茂著　岩波新書
『宇宙人の探し方　地球外知的生命探査の科学とロマン』
鳴沢真也著　幻冬舎新書
『へんな星たち　天体物理学が挑んだ10の恒星』
鳴沢真也著　講談社ブルーバックス

『天文学者が、宇宙人を本気で探しています！　地球外知的生命探査〈ＳＥＴＩ〉の最前線』
鳴沢真也著　洋泉社
『科学者18人にお尋ねします。宇宙には、だれかいますか？』
佐藤勝彦監修　縣秀彦編集　河出書房新社
『双眼鏡で星空ウォッチング　第３版』白尾元理著　丸善出版
『ナショナル　ジオグラフィック日本版　宇宙から見つめる地球』
２０１８年３月号　日経ナショナル　ジオグラフィック社
『ニュートン別冊　超ひも理論と宇宙のすべてを支配する数式』ニュートンプレス
『別冊日経サイエンス２２９　量子宇宙　ホーキングから最新理論まで』
日経サイエンス社

本書は、二〇二〇年十月に小社より刊行された
単行本を文庫化したものです。

SIGNAL シグナル

山田宗樹《やまだむねき》

令和4年 11月25日　初版発行

発行者●山下直久

発行●株式会社KADOKAWA
〒102-8177　東京都千代田区富士見2-13-3
電話　0570-002-301（ナビダイヤル）

角川文庫 23410

印刷所●株式会社暁印刷
製本所●本間製本株式会社

表紙画●和田三造

●お問い合わせ
https://www.kadokawa.co.jp/（「お問い合わせ」へお進みください）
※内容によっては、お答えできない場合があります。
※サポートは日本国内のみとさせていただきます。
※Japanese text only

ISBN 978-4-04-112816-9　C0193

◇◇◇

角川文庫発刊に際して

角川源義

第二次世界大戦の敗北は、軍事力の敗北であった以上に、私たちの若い文化力の敗退であった。私たちの文化が戦争に対して如何に無力であり、単なるあだ花に過ぎなかったかを、私たちは身を以て体験し痛感した。西洋近代文化の摂取にとって、明治以後八十年の歳月は決して短かすぎたとは言えない。にもかかわらず、近代文化の伝統を確立し、自由な批判と柔軟な良識に富む文化層として自らを形成することに私たちは失敗して来た。そしてこれは、各層への文化の普及滲透を任務とする出版人の責任でもあった。

一九四五年以来、私たちは再び振出しに戻り、第一歩から踏み出すことを余儀なくされた。これは大きな不幸ではあるが、反面、これまでの混沌・未熟・歪曲の中にあった我が国の文化に秩序と確たる基礎を齎らすためには絶好の機会でもある。角川書店は、このような祖国の文化的危機にあたり、微力をも顧みず再建の礎石たるべき抱負と決意とをもって出発したが、ここに創立以来の念願を果すべく角川文庫を発刊する。これまで刊行されたあらゆる全集叢書文庫類の長所と短所とを検討し、古今東西の不朽の典籍を、良心的編集のもとに、廉価に、そして書架にふさわしい美本として、多くのひとびとに提供しようとする。しかし私たちは徒らに百科全書的な知識のジレッタントを作ることを目的とせず、あくまで祖国の文化に秩序と再建への道を示し、この文庫を角川書店の栄ある事業として、今後永久に継続発展せしめ、学芸と教養との殿堂として大成せんことを期したい。多くの読書子の愛情ある忠言と支持とによって、この希望と抱負とを完遂せしめられんことを願う。

一九四九年五月三日

角川文庫ベストセラー

直線の死角　山田宗樹

やり手弁護士・小早川に、交通事故で夫を亡くした女性から、保険金示談の依頼が来る。事故現場を見た小早川は、加害者の言い分と違う証拠を発見した。第18回横溝正史賞大賞受賞作。

魔欲　山田宗樹

広告代理店に勤める佐東は、プレゼンを繰り返す忙しい日々の中、自分の中に抑えきれない自殺衝動が生まれていることに気づく。無意識かつ執拗に死を意識する自分に恐怖を感じ、精神科を訪れるが、そこでは⁉

百年法（上）　山田宗樹

不老不死が実現した日本。しかし、法律により百年後に死なななければならない──。不老と引き替えに、生の期限を受け入れた人々の百年目の死の強制が目前に迫っていた。その時人々の選択は⁉　推協賞受賞作。

百年法（下）　山田宗樹

自ら選んだ人生の結末が目の前に迫ったとき、忘れかけていた生の実感と死の恐怖が、人々を襲う。〈生存制限法〉により、百年目の死に向き合うことになった日本人の選択と覚悟の結末は──⁉　衝撃の完結巻。

代体　山田宗樹

意識を自由に取り出し、人が体を乗り換え「健康」に生きる近未来、そこは楽園なのか⁉　意識はどこに宿るのか──永遠の命題に挑む革命的に進歩するＡＩと向き合う現代に問う、サイエンス・サスペンス巨編。

角川文庫ベストセラー

名探偵だって恋をする　伊与原 新、椹野道流、古野まほろ、宮内悠介、森 晶麿

事故で演奏できなくなったチェリストは、時空を超えたある空間で、天上の音を奏でる少年と出会う（「空蜘蛛」）など、新鋭作家たちが描く謎とキャラクターの饗宴！

グラスホッパー　伊坂幸太郎

妻の復讐を目論む元教師「鈴木」。自殺専門の殺し屋「鯨」。ナイフ使いの天才「蟬」。3人の思いが交錯するとき、物語は唸りをあげて動き出す。疾走感溢れる筆致で綴られた、分類不能の「殺し屋」小説！

マリアビートル　伊坂幸太郎

酒浸りの元殺し屋「木村」。狡猾な中学生「王子」。腕利きの二人組「蜜柑」「檸檬」。運の悪い殺し屋「七尾」。物騒な奴らを乗せた新幹線は疾走する！『グラスホッパー』に続く、殺し屋たちの狂想曲。

AX アックス　伊坂幸太郎

超一流の殺し屋「兜」が仕事を辞めたいと考えはじめたのは、息子が生まれた頃だった。引退に必要な金を稼ぐために仕方なく仕事を続けていたある日、意外な人物から襲撃を受ける。エンタテインメント小説の最高峰！

いつか、虹の向こうへ　伊岡 瞬

尾木遼平、46歳、元刑事。職も家族も失った彼に残されたのは、3人の居候との奇妙な同居生活だけだ。家出中の少女と出会ったことがきっかけで、殺人事件に巻き込まれ……第25回横溝正史ミステリ大賞受賞作。

角川文庫ベストセラー

145gの孤独　伊岡　瞬

プロ野球投手の倉沢は、試合中の死球事故が原因で現役を引退した。その後彼が始めた仕事「付き添い屋」には、奇妙な依頼客が次々と訪れて……情感豊かな筆致で綴り上げた、ハートウォーミング・ミステリ。

瑠璃の雫　伊岡　瞬

深い喪失感を抱える少女・美緒。謎めいた過去を持つ老人・丈太郎。世代を超えた二人は互いに何かを見いだそうとした……家族とは何か。赦しとは何か。感涙必至のミステリ巨編。

教室に雨は降らない　伊岡　瞬

森島巧は小学校で臨時教師として働き始めた23歳だ。音大を卒業するも、流されるように教員の道に進んでしまう。腰掛け気分で働いていたが、学校で起こる様々な問題に巻き込まれ……傑作青春ミステリ。

代償　伊岡　瞬

不幸な境遇のため、遠縁の達也と暮らすことになった圭輔。新たな友人・寿人に安らぎを得たものの、魔の手は容赦なく圭輔を追いつめた。長じて弁護士となった圭輔に、収監された達也から弁護依頼が舞い込む。

本性　伊岡　瞬

他人の家庭に入り込んでは攪乱し、強請った挙句に消える正体不明の女《サトウミサキ》。別の焼死事件を追っていた刑事の下に15年前の名刺が届き、刑事たちは過去を探り始め、ミサキに迫ってゆくが……。

角川文庫ベストセラー

お台場アイランドベイビー　伊与原　新

日本を壊滅寸前にした震災から4年後、刑事崩れのアウトロー巽は不思議な少年・丈太と出会う。彼の出生の謎、消える子供達、財宝伝説――全ての答えがお台場にあると知った二人は潜入を試みるが――!?

リケジョ！　伊与原　新

貧乏大学院生で人見知りの律は、不本意ながら成金令嬢・理緒の家庭教師をすることに。科学大好き小学生の理緒は律を「教授」と呼んで慕ってくる……無類に楽しい、理系乙女ミステリシリーズ誕生!!

虹を待つ彼女　逸木　裕

2020年、研究者の工藤は、死者を人工知能化する計画に参加する。モデルは、6年前にゲームのなかで自らを標的に自殺した美貌のゲームクリエイター。謎に包まれた彼女に惹かれていく工藤だったが――。

少女は夜を綴らない　逸木　裕

「人を傷つけてしまうのではないか」という強迫観念をなだめるため、身近な人間の殺害計画を「夜の日記」に綴る中学3年生の理子。秘密を知る少年・悠人に脅され、彼の父親の殺害を手伝うことになるが――。

人間狩り　犬塚理人

20年前の14歳少年による女児殺害事件犯行映像が闇オークションに出品された。流出元を探る警察と、私刑を下すべく事件の犯人の元少年を追うネット自警団。2つの正義が重なった時、恐るべき真実が現れる。

角川文庫ベストセラー

青の炎　貴志祐介

秀一は湘南の高校に通う17歳。女手一つで家計を担う母と素直で明るい妹の三人暮らし。その平和な生活を乱す闖入者がいた。警察も法律も及ばず話し合いも成立しない相手を秀一は自ら殺害することを決意する。

硝子のハンマー　貴志祐介

日曜の昼下がり、株式上場を目前に、出社を余儀なくされた介護会社の役員たち。厳重なセキュリティ網を破り、自室で社長は撲殺された。凶器は？　殺害方法は？　推理作家協会賞に輝く本格ミステリ。

狐火の家　貴志祐介

築百年は経つ古い日本家屋で発生した殺人事件。現場は完全な密室状態。防犯コンサルタント・榎本と弁護士・純子のコンビは、この密室トリックを解くことができるか!?　計4編を収録した密室ミステリの傑作。

鍵のかかった部屋　貴志祐介

防犯コンサルタント（本職は泥棒？）・榎本と弁護士・純子のコンビが、4つの超絶密室トリックに挑む。表題作ほか「佇む男」「歪んだ箱」「密室劇場」を収録。防犯探偵・榎本シリーズ、第3弾。

ミステリークロック　貴志祐介

外界から隔絶された山荘での晩餐会の最中、超高級時計コレクターの女主人が変死を遂げた。居合わせた防犯コンサルタント・榎本と弁護士・純子のコンビは事件の謎に迫るが……。